文春文庫

ペットショップ無惨

池袋ウエストゲートパークXVIII

石田衣良

文藝春秋

目次

初出誌「オール讀物」
常盤台ヤングケアラー　二〇二一年十一月号
神様のポケット　二〇二二年一月号
魂マッチング　二〇二二年三・四月合併号
ペットショップ無惨　二〇二二年六、七月号

単行本　二〇二二年九月　文藝春秋刊

DTP制作　エヴリ・シンク

ペットショップ無惨

池袋ウエストゲートパークXVIII

イラストレーション　北村治

常盤台ヤングケアラー

ミステリーじゃあ密室殺人とか定番だけど、ほんとうの密室って「家族」のことだよな。

ちょっとしたトリック（ヒモとか氷とか、天才建築家が設計した特殊な館の構造とか、最近じゃあゾンビとか！）でつくられた密室なんて、中身が透けて見えるガラスケースみたいなもの。だけど、家族は違うんだ。

外からでは内側がまるで見えないし、絶対理解することもできない。光や悲鳴さえ漏らさないブラックホールみたいなもの。おれたちはみな、家族の秘密という謎の暗黒物質を抱えて生きているのだ。今もすさまじい重力に圧し潰されそうになりながらね。

おれがこの秋、池袋駅東口にあるクラブで出会ったのは、氷のような表情をした少女。なにを考えているのか、感じているのか、外部にまったく漏らさない。ATフィールドのかたまりみたいな女。真夜中のチルアウトのアコースティックタイム、ベースの重低音にあわせて、地下の暗がりのなかゆったりと揺れていた。まあ、なかなかのいい女だ。おれは彼女が抱えているものなんて、ぜんぜん想像できなかったし、年齢だって五歳以上読み違えていた。偉そうなことをいっても、おれが女性を見る目なんてそれくらいなもの。

　今回の話は、池袋・渋谷・新宿で十数億を売り上げたネット売春アプリと、家族というブラックホールを抱え生き延びてきた女の子のからみだ。あんたもきっとティッシュひと箱くらい泣くことになるから、人前で読むときは注意してくれ。

　だけど、介護なんて自分の身にふりかかるまで、誰も真剣には想像しないよな。おれだって、うちのおふくろが倒れて、風呂にも入れなくなったり、自分の手でめしもくえなくなったら、きっと彼女のようにぶっ倒れるまで全力で介護をしてしまうのだろう。家族を見捨てられないというのは、おれたち東アジアに生きるみんなの呪いなのかもしれない。生活のすべてを捧げケアをしても、感謝どころか毎日悪口をいう相手を、家族だからという理由だけで手放せないのだ。

　水面に手が届かなくなるまで、いっしょにずぶずぶと沈んでいく。だが、それが大人の介護者でなく子どもだったら、あんたならどうする?　「普通」の家庭の友達が学校や部活動なんかで青春を謳歌（おうか）しているとき、その子の毎日が介護一色で埋め尽くされていたら。

おれたちの国では、そんなちいさなブラックホールが何十万となく日々、黒く輝いている。

おれにいえるのは、ほんのすこしでいいから外の誰かに助けを求めてみたらということくらい。まあ、SOSなんて黒い星の超重力に負けて、どこにも届かないかもしれないが、それでも救難信号を送ってくれ。いつか誰かとつながることができるかもしれない。

いや、単純に楽天家のおれがそう信じているだけなんだけどな。

今年の十月は、東京でもとんだインディアンサマーで、毎日暑くてたまらなかった。あの新型感染症の勢いもなぜか急速に衰えて、池袋の街にもぽつぽつ人が戻り始めている。うちの果物屋も開店休業から開店半業くらいまで、盛り返してきたのだ。そうなると利益率の高いフルーツはなんとか採算ラインを越えてくるのだ。本業のほうでも、ようやくコロナにひと息つけるようになった。
おれの周辺といえば、まったくの無風状態。人が動かず、人が人に接触しなくなると、とたんに街からトラブルが消えてしまった。まだ終電まで間(ま)がある十時半くらいで、駅前から人の気配が消えてしまう。すごく金をかけて再現したリアルサイズの副都心のセ

ットみたいだ。

という訳で、おれは毎日退屈していた。店番をして、いい音楽をきき、本をすこし読む。十月になっても半袖Tシャツのまま、都市の浮遊層として漂うことになる。だけど、ずっとうちにいると、ときどきなにか叫びだしたくなるよな。動物園の獣(けもの)たちもこんな気分なのかもしれない。

だが、幸運にもヒトはパンダやインドトラじゃないから、自分の檻(おり)の扉を開いて、外に出ることができる。おれは十一時に店を閉めると、深夜営業のカフェやクラブなんかに足を運ぶことにした。

もぐりでアルコールを出している確率は五〇パーセント。条例違反の店は半分ほどだが、なんだか禁酒法下のスピークイージーみたいでいいよな。いつだって、ほんのすこしだけ法にふれるのは、楽しいスリルだ。

まあ、おれはいつも単独行動だし、酒はのんでいないので、通報するのは勘弁してくれよ。

その夜は、曇り空の蒸し暑い夜。真夜中を回っても、まだ気温は二十度を軽く超えて

いる。ＪＲのレールを何本もくぐるウイロードをのんびり歩いていても余裕で汗ばむくらい。おれが目指していたのは、池袋東口にできた新しいクラブだった。

コロナ禍でも勇気をもって新規開店する店というのが、案外あるものだ。勝算は低くても、家賃は下がり、好条件の物件も空(あ)いている。長年の夢をかなえる格好のチャンスという訳。勇気があるなあとおれなんかは思うけど、趣味のいい店なら積極的に応援したい。それが東京っ子というものだ。

クラブ「ソラリス」は東口の風俗飲み屋街から、一本線路側に入った雑居ビルの地下にある。上は美容院、イタリアン、居酒屋、バー、最上階は不動産屋という鉄壁の並び。だが、普通なら余裕で営業しているはずの居酒屋とバーは明かりを落とし休業中で、美容院とイタリアンは早々に営業時間を終了していた。

要するに幽霊みたいに暗いビルの地下だけが、なぜか明るいという不思議な状態なのだ。地下に降りる階段は青い照明に浮きあがり、壁は洞窟(どうくつ)のように手塗りのモルタルでうねっている。最初におれが惹(ひ)かれたのも、この青い明かりだった。なぜか青い光には誘蛾灯(ゆうがとう)のように引き寄せられてしまうよな。熱のない冷たい感じがいいのかもしれない。

エントランスでチケットを買い、薄暗いフロアに降りていく。壁の三面には古いＳＦ映画が照度を落として、プロジェクターから映写されていた。ブリキのおもちゃのようなロボットが動いている。あれは『禁断の惑星』だったかな。

おれはカウンターに向かい、チケットを置いた。

「またきてくれたんですか、マコトさん」

バーテンダーはソラリスの共同経営者のひとり、瀬島新司。昔はチョイワルで、Gボーイズに籍を置いていたこともあったそうだ。ツーブロックの髪に、白いシャツのボタンふたつ開け。イタリア人になり損ねた、おれと同じ豊島区生まれ。

「ああ、毎日ヒマだから。ノンアルコールビールをひとつ」

コロナ禁酒下で、すっかり酒のスピリットのないビールに慣れてしまった。いくらのんでも酔わないので、詐欺みたいだけど。おれは午前十時半の通勤電車のような店内を見渡した。

「今日もいまひとつの客入りだな」

フロアで踊る客は通勤ラッシュの三割くらい。お互いのあいだに十分な距離を置いて、電子のビートを刻んでいる。そのとき潮が引くように電子音が後退して、ゆったりしたフォービートのピアノトリオが始まった。

「マコトさん、アコースティックタイムにいつもきますよね。狙ってるんですか」

「まあね、池袋のクラブでここが一番音がいいから」

この店はパワーや音圧だけでなく、なかなか繊細なPAを揃えていた。それはシンジではなく、もうひとりの経営者の趣味だという。きちんと生楽器の音がきける設備なのだ。そいつはほとんど店には顔を出さず、運営はシンジにまかせているそうだ。

「へえ、音がいいからうちにくるお客なんて、マコトさんくらいですよ」

クラシックと東京芸術劇場通いで鍛えた耳をなめないでほしい。いい音なら、すこしくらい遠くでも、おれは足を運ぶのだ。

「まあ、ごゆっくり。なんならリクエスト受けますよ」

この透明感のあるＰＡできくなら、なにがいいだろうか。地下に降りる階段のような青いストリングスなんて、いいかもしれない。ロッシーニの弦楽ソナタとか。そのとき、おれは誰もいなくなったフロアで、ゆったりと揺れている女を見た。

背が高い。百七十はありそうだ。黒と白の太めのボーダー長袖Ｔシャツ。黒いジーンズに、黒のコンバース。髪はセミロングで、とにかく痩せている。その女は顔をあげて、空から降ってくる音楽を浴びるように、薄暗いフロアでゆらゆらと揺れていた。おれは気がついたら、シンジにきいていた。

「あの子、誰？」

「いやあ、ちょっとわからないですね。最近、たまに顔を出すんだけど。いつもひとりですよ」

「そうなんだ」

おれはノンアルコールビールのグラスをもって、フロアのほうに降りていった。

席をとったのは、一番音がいいフロアに面したカウンター。腰高のスツールに座り、ピアノトリオのつぎにかかったアコースティック・マイルスの曲に耳をあわせる。マイルスのミュートトランペットって最高だよな。

その女はまたもひとりで踊っていた。こういうゆっくりした音楽では、みな踊りたくないようだ。おれなんかからすると、音圧勝負の北欧産電子ビートのほうが単調過ぎて踊れないんだけどな。

視線に気づいたのか、若い女がおれのほうを見つめた。驚いた。どんな感情もない、壁に開いた穴のような目。いったいどんなふうに生きてきたら、こんな目をするようになるのだろうか。おれは別にナンパ目的じゃなかったし、彼女を性的な視線で見ていた訳でもない。すくなくとも心の表面ではね。

だが、その女の目には異性からの視線への拒絶や反発はなかった。ただなにもない黒い瞳があるだけ。そんな目を見たことは、おれは生まれてから一度もなかった。それで間違ってしまったのだ。

おれは好奇心に引かれて、その女に興味をもってしまった。

アコースティック音楽のチルアウトセッションは三曲で終了した。最後はギター二台による「オーバー・ザ・レインボー」。メロディが虹のかなたにロウソクの炎のように消えていくと、フロアで再びダンスビートが炸裂(さくれつ)した。

彼女は歓声をあげて踊りだす客たちと入れ替わりに、フロアから戻ってきた。おれは電子音に負けないように声を張った。

「静かな音が好きなんだ。いいダンスだった。なにかおごるよ」

今度は向こうがびっくりしている。そんな顔をすると急に幼く見えた。

「いいの？　じゃあ、マンゴージュース」

「カウンターでマコトにつけとくようにいってくれ」

「わかった。ありがと」

年齢不詳のブラックホールみたいに光を漏らさない目をした女。なぜか、あまりかかわりあいにならないほうがいいという警報が、おれのなかで鳴っている。それでももう一歩踏みこんでしまうのは、トラブルシューターの癖だろうか。

「おれは真島誠(まじままこと)。名前は？」

しばらく彼女は考えた。感情のない声でこたえる。

「佐々木沙智。サチでいいよ」

そのままサチはカウンターに向かった。おれは追いかけなかったし、彼女も戻ってこなかった。最初の夜はそれでおしまい。まあ、こいつは全然ロマンチックな話じゃないんだから当然だ。

つぎにソラリスにいったのは、翌週のこと。

まだ暑い秋は続いていて、夜空の雲も夏のような積乱雲。夜の積乱雲って、いいよな。なんだか急に嵐でも起きるような気がする。青い階段を降りて、クラブに入る。カウンターでノンアルをもらうと、シンジが声を潜めていった。

「マコトさん、今日は気をつけて。筋の悪いのが、ちょっと」

ビールを受けとり、泡をなめながらフロアを見渡した。三人連れの男たち。黒い短パンに、黒いパーカーやトレーナー。太い銀のチェーン。首筋や二の腕にタトゥというより、和彫りの刺青。お洒落なクラブというより、セクキャバが似あいそうな男たちだ。

「わかった。トラブルには気をつける。あいつら、常連？」

シンジも面倒そうだった。その手の客は夜の商売の鬼門である。

「いえ、あの子が連れてきたんです」

三人組のソファ席に目をやった。サチがいる。ブラック・コーデなのか、サチも黒のパーカーに、黒のホットパンツだった。身長が高いせいで、脚はやけに長く白い。暗い店内で蛍光管のように光っている。

一瞬、おれと目があった。またもブラックホール。感情はなにも浮かんでいない。楽しそうでも、つまらなそうでもなかった。ただの黒い穴。だが、サチは席を立つと、空のグラスを手にこちらに向かってくる。

だんだんと近づいてくる目は、またも無感情。カウンターにグラスを置くといった。

「マコトさん、助けて」

おれとシンジは目を見あわせた。

「このクラブにあいつらを連れてきたのは、サチなんだよな」

フロアでは四つ打ちの電子ビートが地震のように揺れている。

「そう」

「友人じゃないのか」

「違う。パルコの前で声をかけられた」

シンジがいった。

「じゃあ、どうしてこの店まで、連れてきたんだ？」

弁解をするときでも、サチの目にはどんな表情もなかった。弁解、恐怖、逡巡（しゅんじゅん）。ほんとうはどうなっても別にかまわない。誰にも自分は傷つけられない。そんな感じ。

「連れてきてない。あの人たちが勝手についてきた。わたしはもういっしょにいたくない」

『禁断の惑星』のロビー・ザ・ロボットでも、もうすこし感情表現が豊かだった。声優なら棒読みで、ダメ出しされるかもしれない。シンジがいう。

「どうします？　マコトさん」

おれは三人組の座る席を見ていた。ひとりがカウンターにもたれて話すサチを獲物のように監視している。残りふたりのうちひとりが、おれとシンジを闘犬のように睨（にら）みつけていた。おれたちの女に手を出すな。もうひとり、一番がたいのいい男は素知らぬ顔でカクテルのロンググラスに口をつけていた。どうやら、あいつがリーダーのようだ。

全員知能指数は平均以下だが、威圧感だけは偏差値七十以上という感じ。

「シンジ、あのデカいのがのんでるカクテルは？」

「ウォッカ・トニックだけど」

「じゃあ、そいつをひとつつくってくれ」

おれはきんきんに冷えたカクテルをもって、サチといっしょにフロアを渡った。笑顔をつくり、闘犬三人組が待つソファ席に向かう。嵐の予感。

おれは低いテーブルに、カクテルを置いた。リーダーの大柄な男の正面。視線を切らずに、上体を戻す。リーダーがいった。

「おまえ、誰だ？　どこのもんだ？」

単独行動というのは、頭のなかにないのだろう。誰もがどこかのよからぬ組織に属している。それが闘犬の常識。

「おれはマコト。この佐々木サチの知りあいなんだ」

おれは外交官のような辛抱強い笑顔をつくっていた。どこかの破綻国家の盗賊上がりの独裁者でも相手にするみたいに。

先ほどからおれとシンジを睨んでいた男が吠えた。

「それが、どうした？」

周辺の客がびびるほどの大声。こいつが威嚇担当か。

「今夜はもう帰りたいといってる。あんたたちは別に友達でもないって」

「こいつをどうぞ。店からのおごりだ」

リーダーがにやりと笑った。

「すぐに帰すとでも思うのか。おれたちが連れてきた女だぞ」

そのとき威嚇係がおれの後方に視線を向けた。おれもちらりと振り向く。元Gボーイズのシンジが腕を組んで立っていた。黙っていた三人目がいった。

「マコト……マジマ・マコト……そうだ、こいつがGボーイズの知恵袋って話のマジマだ」

おれはいまだにGボーイズのメンバーではないけれど、虎の威ならいつでも借りさせてもらう。

「そうだ。このクラブに迷惑をかけたくないし、池袋でGボーイズとことをかまえるのはバカらしいだろ。今日はサチを帰して、あんたたちもこの店から引きあげてくれないか」

リーダーがカクテルグラスに手を伸ばした。ひと口も飲まずに、ゆっくりとカーペットにウォッカ・トニックをこぼしていく。

「こんなまずいものよく出すな。まあ、いい。今日は引いてやる」

闘犬のリーダーはおれからサチに視線を移した。

「さっき渡した名刺もってるよな。おまえの電話番号はわかってる。番号さえあれば、住所を特定するのもすぐだ。いいか、もうおまえはおれたちのものだ」

別な闘犬がいった。

「うちで働けば、たんまり稼げるぞ。ばあさんを最高の老人ホームに入れたいんだろ。また連絡するから、ちゃんと働いてババア孝行でもしとけ」

名刺？　老人ホーム？　まるで意味がわからなかった。三人組は立ちあがり、周囲に睨みを利かせながら、フロアの客をモーゼのように分けていく。肩を怒らせながら、クラブを出ていった。

おれはホットパンツのサチに目をやった。視線があう。ブラックホール。おれにも、周囲の客にも、どこかの組織に属するタチの悪い三人組にも、まるで心を動かされていないようだ。

この女は誰なんだろう。おれは気がつくと、サチに向かって手を伸ばしていた。

「あんた、何者なんだ？　やつらの名刺を見せてくれ」

そんなふうに、おれの秋のトラブルが始まった。

カウンターに戻り、サチからもらった名刺を確かめた。表は「㈱スエナガ企画　人事リクルート部　部長　林多威我（はやしたいが）」。あとはスマートフォンの番号とお決まりの tiger が入ったアドレス。やつにはぴったりのキラキラネームだった。

裏を返すと鮮やかなピンクのハート。心臓のシンボルからはどろどろとピンクの体液が垂れている。スローガンつきロゴだった。「その日、出会える、一〇〇パーセント！　東京マッチ」。おれはバーテンダーの定位置に立つシンジにいった。

「こいつ、知ってる？　おれとサチにジンジャーエールをふたつ」

「どっかの出会い系だ、知るはずないだろ」

グラスをふたつ、おれたちの前に置いてくれた。サチはストローででたらめにジンジャーエールをかき混ぜている。おれの視線に気づくといった。

「わたし、喉が弱くて炭酸強いのダメなんだ」

おれはもう一度サチをよく見てみた。なにかがおかしい。シンジがいった。

「なんだよ、図体がでかいのに、喉はお子ちゃまなんだな」

サチはフラットソールのバスケットシューズを履いていても、おれと五、六センチしか変わらない。おれはきいた。

「サチ、身長いくつ？」

感情のないブラックホールの目で、棒きれのような女の子がこたえた。

「最後に測ったとき、百七十ちょうど。今はわからない。もうすこしデカいかも」

シンジがふざけていった。

「いいんじゃないか。おれ、デカい女タイプだよ」

「やめとけ、シンジ。都の条例違反で捕まるぞ」

シンジはカウンターのなかからクラブの店内を見渡した。調査員でもまぎれこんでいると思ったのかもしれない。

「マコトさん、なにいってんだよ。アルコールはずっと出してるけど、うちの店には手入れなんかきたことないぞ」

おれは隣に立ってるえらく成育のいい少女を見ながらいった。

「いや、そっちのほうじゃない。やばいのは東京都のやつ。青少年の健全な育成に関する条例とかいったかな。サチ、おまえって、今いくつ？」

十八歳未満の者への淫行を処罰する規定があるロリコンのおやじたちには不評な条例だった。サチはおれたちのほうを見ずに、奥の酒棚に並んだ様々な形のボトルを眺めている。ガラス球がガラス瓶を見ているようだ。すこしも臆さずにいった。

「十五」

シンジが叫んだ。

「そんなにデカくて、十五かよ。こんな時間にクラブなんかにいていい年じゃないだろ」

それからすこしダクトがむきだしになった薄暗い天井を見あげていう。

「そういえば、おれはサチに一度もアルコールを出したことはないよな」

サチは無関心にいった。

「うん、ない。お酒は変な味がするから、頼んだことない」

「あーよかった、じゃねえよ。うちの店は十八歳以上からだ」

　法律でそう決まっているから、しかたなかった。子どもって不便だよな。いい音楽をきくのも制限される。おれはサチが初めて動揺するのを目撃した。

「えー、それは困る」

　おれとシンジは目を見あわせた。サチが心底困惑しているようだったからだ。それがブラックホール少女の初めての感情表現だった。

　シンジも困っていった。
「クラブっていうのは、大人の遊び場なんだよ。十八歳以上でないと入場できないって、警察からいわれてるの。うちはめったにしないけど、初めてのお客には年確だってしないといけないんだ」
　年確は証明書なんかによる年齢確認な。
「だから、サチに困るといわれても、うちの店も困るんだ。あと三年したら、大歓迎するから、そのときまてくれよ」

身長百七十センチ以上ある十五歳の背が、みるみる丸まっていく。夏の終わりのしおれたひまわりみたいだ。

「ここがわたしの居場所だったのに、他にいくとこなんてないもん」

おれはあいだに入っていった。

「だけどさ、十五歳って高一だろ。普通なら夜は自分の部屋のベッドのなかだ。サチが真夜中クラブにいるって、家族は知ってるのか」

サチの肩が落ちて、子どものような表情になる。

「……知らないと、思う。ママは帰りがいつも朝方だし、サクラばあは寝てるから。わたしの自由になる時間って、十一時から朝の二時か三時までの三、四時間しかないんだ」

まるで意味がわからなかったけれど、おれは適当に話をあわせておいた。

「サチには学校がよっぽど窮屈なんだな。おれも工業高校だったけど、まったくあわなくて最悪だった」

またガラス球の目に戻って、サチがいう。

「もうずっと高校にはいってない。いきたいけど、いけないんだ」

まだおれには事態がわかっていなかった。気休めのように返す。

「登校拒否か。おれも何人も会ったことあるよ。学校があわなければ、無理していかなくてもいいんじゃないか。今なら高認（こうにん）もあるし、高校いかなくても上にすすめるだろ」

おれのは引きこもりや登校拒否への心優しい一般解。だけど、世のなかには望まない形で「普通」からはずれてしまうガキがいたのだ。

「登校拒否なんかしてないよ。いけるもんなら、高校にもいきたい。でも、サクラばあがひとりじゃもう無理なんだ」

おれは恐るおそるきいた。

「サチのばあちゃんって、いくつなの」

「七十二歳」

「まだ若いじゃないか」

「ほんとにそうなのかな。わたしにはぜんぜんわからないよ」

おれの胸になにかが刺さった。無表情な顔の下には、十五歳とは思えない絶望が隠されているようだ。そこで、フロアから戻ってきた大学生くらいの男がシンジに注文した。

「ジン。ソーダ割でふたつ」

さして広くもないカウンター前を占拠している訳にもいかなかった。おれはシンジにいった。

「向こうでサチの話を、もうすこしきいてみる。とりあえず、今すぐこの店を出なくてもいいだろ」

にやりと笑うと、ジンを銀のカップで計りながら、シンジはいった。

「ああ、好きにしてくれ。おれはサチの年はきいてない。確か十九歳だったよな」

ちょっとばかり法律とか条例には違反していても、いいやつというのは夜の街には案外いるものだ。

「ただし、家に帰るまで送ってやってくれよ。今夜の飲みものは、店のおごりでいいから」

しっかりとうなずいて、おれはいった。

「今度、Gボーイズをまとめて連れてくる。じゃあな」

おれとサチはスピーカーから離れた壁際のテーブルに移動した。ここなら叫ばなくとも、なんとか会話ができる。

「さあ、朝までたっぷり時間がある。サチの話をきかせてくれ。おれはこの街で困ってるガキのトラブルによく頭を突っこんでるんだ。ひどい話、最低の話もきき慣れてる。遠慮なんかしなくていいぞ。いくらでも、きくからな」

訳がわからなかった。サチはいきなりブラックホールみたいな目から大粒の涙を、ぽとぽとと音がするほど落としたのだ。おれは話をきくといっただけなんだけど。

　黒のパーカーの袖先で、涙をぬぐうとサチは淡々と話し始めた。

「うちは紗英美ママと桜子ばあと三人暮らしなんだ。パパとはわたしがちいさな頃、離婚してほとんど会ったことない。ママは大山にあるスナックで働いてる」

　ハッピーロード大山は板橋にあるでかい商店街。サチのママはスナック勤め。おれは心のメモリに書きこんだ。

「昔は三人でなかよく暮らしてた。サクラばあは優しかったし、わたしも普通に学校にいけてた。ママはときどき誰にもいわずに、旅行とかいったりしてたけど」

　おれのメモリが増えていく。母親は男と勝手に旅行。

「でも、わたしが中一のとき、ばあの様子がおかしくなった。なんでも忘れちゃうんだ。いつも買いものにいってる店からの帰り道とか、肉じゃがのつくりかたとか、雨が降ってるのに布団を干しっ放しにしたりとか」

「ふーん、そうかあ」

　祖母の認知症が加わった。おれは経験から、こうした場合、過度な同情とか共感は上手くいかないと学んでいた。この世界には地獄がたくさんある。そこで暮らすやつらの話はきき慣れている。そんな振りをする。

「認知症の薬をサクラばあが飲むようになったのは、わたしが中二のときだった。でも、その頃は不便だったし、悲しかったけど、まだよかった。認知症だけだったし、ばあはいい人のままだったから。いつも、わたしに謝っていた。料理に砂糖を入れ過ぎて、ごめんね。お米と牛乳を買うの忘れて、ごめんね。お風呂が熱過ぎて、ごめんね。なにかあると、ほんとに済まなそうにごめんなさいしてたんだ。ばあもなんでも忘れちゃうのが、つらかったんだと思う」

　またサチが涙目になった。ふうふうと肩で深呼吸して、涙をこらえている。

「でも、なによりうれしかったのは、まだ中学に通えていたことかな。学校にいけば友達がいて、だいたいの嫌なことは忘れていられた」

　おれの返事はバカみたい。

「そうか、そうか」

　目に力を入れて、もらい泣きを防止する。サチの毎日に比べたら、おれが泣くなんて贅沢だよな。

「中三の春になって、いよいよ受験勉強を始める頃、サクラばあがうちのトイレで倒れた。救急車を呼んで、病院にいったら、脳梗塞だって。ばあの身体は左半分が不自由になって、二週間して退院する頃には性格までわ……」

　十五歳の女の子が、言葉を慎重に選んでいる。優しかった祖母のことをわるくいいたくないのだ。

「性格まで不自由になって。ひとりでお風呂も入れないし、食事もできないから、わたしがずっと面倒を見ることになった。ママは働かないといけないし」

「中学はどうしたんだ?」

「なんとか半分くらいいってた。高校受験なのに成績はどんどん落ちていく。志望校のランクを二段階も下げなくちゃいけなかった。あれは悲しかったなあ」

サチは頭のいい少女なのだろう。おれはツーランクも下げたら、いく高校なんてなかったからな。

「もう昔のように優しいばあはいなくなった。なにをしても、文句しかいわないし、性格も変わってしまった。親戚やお友達に電話して、わたしに虐待されている、食事もさせてくれないし、ひどい孫だってずっと悪口いうの。毎日着替えを手伝って、お風呂に入れて、ごはんの用意をして、トイレにつきそって、夜は紙おむつを穿かせて、薬をちゃんとのませて……でも最低最悪の孫なんだって」

涙目だった黒い瞳が、また完璧な無表情に戻った。ようやくおれにもわかった。サチの無表情は誰にも自分を傷つけさせない、傷つかないという絶対の鎧なんだ。

「夜はひとりにして、だいじょうぶなのか」

サチは業務報告でもするようにいった。

「だいじょうぶ。夜うちを抜けだして、警察に迷惑をかけたことが何度かあって、今は眠剤をのんでるから。ばあは朝まで寝てくれる。わたしが自由になる時間は、真夜中の何時間かだけなんだ。このクラブにこられなくなったら、もう居場所がなくなっちゃうよ」

おれは中学三年から介護を始めた少女に、間にあわせの質問をした。

「うちに帰ったら、なにをするの？」

サチは当たり前のようにいう。

「ばあがよく寝てるか、紙おむつはだいじょうぶか確かめて、わたしもばあの部屋の前の廊下で毛布にくるまって寝るよ。隣の部屋だと様子がわからないし、ばあは部屋のドアを閉めると不安がるんだ。だから、いつも廊下で寝てる」

サチはふふふっとちいさく笑った。

「最低最悪なのは紙おむつなんだ。あれは夏だと暑いし、かゆくなるんだ。それではあは寝ているあいだにおむつをはずしちゃうときがあるの。ちいさいほうだけならまだいいけど、おおきいほうはたいへん。とくに夏で水分をとりすぎたときは。今日はどうかな？　もうばあのウンチの臭いのなかで寝るの、慣れちゃったけど」

言葉もなかった。十代半ばの女の子が大人でもしんどい介護を引き受けている。おれはそのとき、うちのおふくろのことを考えていた。敵はまだ還暦前で、毎日元気に働き、減らず口を叩いている。だが、五年後十年後はわからなかった。サチのばあちゃんのように認知症と脳血管障害を併発するかもしれない。人格が変わり、まともなコミュニケーションさえとれなくなることもあるだろう。このニッポンでは近いうちに六十五歳以上の高齢者の人口が、三割を超え、四割に近づいていくのだ。サチの家の話が、おれの家の話になるのも、そう遠くないのかもしれない。

　それが、おれたちの国の確定した未来だ。

「サチはよくがんばってるんだな」
　果物屋の店番がたいへんだなんて、いっていられなかった。おれは気がついていなかったが、たいへんな贅沢をしていたのだ。好きなとき自由に街をうろつき、他人のトラブルに趣味で手を出す。サチは昼は認知症のばあちゃんの介護をして、自由になれるのは夜の数時間だけ。学校にもいけないし、どんなに苦労しても誰にも感謝されない。肝心のばあちゃんが、もうボケているのだ。
　サチがまた涙を落とした。今度は後からあとから湧きだして、丸い涙がとまらない。
「わたし、サクラばあの介護のこと、友達にも親戚にも話せなかった。学校の先生に一度話したことがあったけど、たいへんなんだねえって、さらっと流された。それよりどうして中三の大事なときに、こんなに成績がさがるんだって叱られた。毎日介護をしていて、夜もばあの徘徊(はいかい)で眠れなくてっていってるのに。先生はきいた瞬間に忘れてたんだ。そのときわかったんだ。わたしのことなんて、誰にも話したらいけない。みんな、他人の家のことなんて興味がないんだって」

肩を震わせて、サチが泣きだす。周囲のテーブルの客がおれを睨んでいる。おれはダンス好きのガキの視線など無視していった。

「いくら泣いてもいいぞ。おれ、ずっとここにいるから」

他になにがいえる。おれは無責任なよその家のガキだ。

「でも、わたしは後悔はしてないんだ。サクラばあは自分でなりたくて、ああなったんじゃないし、きっと悔しいんだと思う。わたしが見放して学校にいって、もしなにかあったら、絶対あとになって自分を死ぬほど責めるもん。今は、いつまでかわからないけど、ともかくばあをちゃんと看てあげたい。わたしは『普通』じゃないけど、不幸せなんかじゃない。そう思ってる」

真夜中の三時に家に帰って、最初にするのがばあちゃんの紙おむつのチェックだという女の子の台詞だった。おれはバカなので、泣かないようにするだけで、全力が必要だった。目に力を入れ、なにもない空中を睨む。腹に力を入れて、拳が白くなるほど握り締める。でも涙腺がゆるむんだ。ほんとうにバカだ。

「あっ、忘れてた。マコトさんの他にも、もう、一度この話をしたよ。同じ日に、二回も初めての話をするなんて、めずらしいよね」

おれは忘れていた名刺を思いだした。どろどろに汁を垂らす鮮やかなピンクのハート。その日、出会える、一〇〇パーセント！　東京マッチ。

悪いこともいいことも、必ず二回ずつ起きる。それがこの世界の宿命だ。

おれはこんな仕事をしているので、まともなマッチングサイト（まあ、大手でもかなり怪しいところはあるんだが）と昔のテレクラやデートクラブがネットに潜ったような風俗サイトは、それなりにわかるつもりだ。欲求不満のおやじたちが、その日のうちに必ず若い女と会えるというのは、まず単純な売春サイトである。欲望は金で解決するのが手っとり早いからな。

「ちょっと待っててくれ」

サチにそういって、おれはその場で今夜も東池袋のデニーズにいるはずのゼロワンに電話をかけた。ガス漏れみたいにかすれた声が返ってくる。

「なんだ、マコト。仕事の依頼か」

「そうだ。今すぐ調べてもらえないか。いいか、風俗サイトの『東京マッチ』。それから運営のスエナガ企画、あとはそこの人事部長とかいう林タイガだ」

「何分くれる？」

「十五分」

ゼロワンの声はうれしげ。

「特急だな。特別料金でいいか」

おれは正面のサチを見た。この子から金をとることは鬼でもできない。

「いいや、反対だ。格安で頼む。今回はGボーイズもからんでないし、おれのポケットマネーなんだ」

「マコトはほんとうに面倒なことが好きだな。依頼人は？　おもしろそうなら、負けておく」

おれはため息をついて、声をひそめた。

「高一の十五歳。ばあちゃんの介護が忙しくて、学校は長期休業中。ばあちゃんは認知症と脳梗塞をやっている。入浴も食事もトイレも、助けがなくちゃ無理なんだ」

スマートフォンの向こうの空気は変わらなかった。ゼロワンはあっさりという。

「ああ、ヤングケアラーというやつか。日本でも十数万人はいるらしいな」

サチみたいな子どもが、そんなにたくさん！　おれはその単語をきいたのも初めてだった。

「ゼロワンも何人か、そんなガキを知ってるのか」

「いや、ネットで見ただけだ。具体的なサンプルは初めてだ。だったら、その子の情報をくれ。それで調査料は格安にしておいてやる」

サンシャイン60が見える窓際の席で、サチがゼロワンに介護の現場を話す場面を想像した。とてもじゃないが、無理な話だ。

「おれからのまたぎきでいいよな」

しばらく北東京イチのハッカーが考えこんだ。

「まあ、いいだろう。そのガキは男、女、どっちだ？」

「女。背が高くて、十五歳でも二十歳に見える」

「ふーん、顔は整っているか」

アイドル好きとか、二次元マニアは、すぐに相手をイケメンか美人かという。よくない傾向だよな。顔の造作より、人を見ろ。サチをゼロワンに会わせないと決めたので、おれは堂々といってやった。

「ああ、無表情で厳しい顔をした美人だ。ネットフリックスのチェスのドラマ……」

さすがのくいつきだった。やつは動画配信マニア。前のめりにゼロワンのガス漏れ声が返ってくる。

「『クイーンズ・ギャンビット』のアニャ・テイラー＝ジョイか」

「ああ、それそれ。そのアニャなんとかに、そっくりだ」

　サチはスマートフォンをつかうおれを不思議そうな目で眺めていた。離れた目ととがった顎(あご)は、なんとなく雰囲気が似てなくもない。サチだってなかなかだし、身長では売りだし中のハリウッド女優に負けていないはずだ。

「おもしろそうだな。十五分」

　そういうと、いきなり通話が切れた。だから、友達がいないんだといってやりたかったが、ゼロワン本人がそんなものをほしがっていないのは確かだった。

「どこまで話したっけ」

　おれはそういった。サチはどこか幸福そうだ。大人にきちんと、誰にもいえない秘密をきいてもらったのだ。

「二回話したところまで」

「相手はさっきの三人組だよな」

「そう。池袋の駅を降りて、ここにくるために歩いていたら、パルコの前で声をかけられた。お姉さん、ひとり？　すこし話をしない？　なんでも好きなもの、おごるよって」

　大人びていても、人を見る目はまだまだだった。中学からほとんど介護しかしていなければ、そいつも無理はないんだが。おれはなるべく気軽そうにいった。

「なにたべたんだ?」

「バナナとチョコレートのパンケーキ。うちで野菜炒めの晩ごはんをたべてきたから、甘いのがよくて」

　おれならパンケーキを十枚くわせてやると思った。

「そうか、よかったな。あいつらはサチの話をちゃんときいてくれたんだ」

「なんだか慣れてるみたいだった。わたしの話をきいても、マコトさんみたいに驚かないし……もしかしてだけど、さっきちょっと泣きそうになったよね……でも、あの人たちは平気な顔をしてたよ。もしかして、学生時代に介護をしたことがあったのかな」

　そんなはずはなかった。だが、風俗アプリで身体を売る女たちの相談事や問題には、何度もつきあわされてきたのだろう。リクルートする相手はその手の女たちのはずだ。

「名刺もらったよな。そのとき、なんていってたんだ?」

「うちで働けば、いいことがある。アルバイトの何十倍も稼げるし、うんと金を貯めてサクラばあをいい介護施設にいれてやることもできる。そうしたら、わたしも高校にいけるし、ばあも楽になるって。きっとばあだって、孫にこんなに迷惑をかけてるのを、心苦しく思ってるはずだって」

　ため息をこらえた。さすがに、痛いところをついてくる。困っている女に自発的に身体を売るように説得するのが、人事リクルート部の仕事なのだろう。

「サチもそのためになにをするのかは、わかってるよな」

介護少女はあっさりうなずく。

「うん、寝るんだよね。でも、そういうの初めてじゃないし。中一の頃、夜いき場がなくて池袋をぶらついてるときに、そういうことがあった。どうして、わたしなんかにお金をくれるのか、そのときはぜんぜんわからなかったけど」

献身的に認知症の祖母を介護しているからといって、サチは別に天使なんかじゃなかった。おれにいえるのは、残念なことにこの街にも十二、三の子どもに金を渡して、なんとかセックスにもちこみたがるケダモノが確かに存在するということだった。ここはきちんと意思を確認しておかなければいけない。おれたちはいつでも身体を金に換えられるほど自由だ。

「サチはそういうの、どう思う？」

「よくわかんない。でも、そういうことはほんとうに好きな人としたほうがいいと思う。まだ、そんな人に会ったことないけど」

「そうだよな。おれもそっちのほうがいいと思う」

「それにさ、倒れる前のばあだったら、絶対にいいとはいわないよ。たとえいい施設に入るためでも、わたしがそんなことしてたら怒ると思う。もっと自分を大切にしなくちゃダメだって」

やばい、また泣かされそうになる。自分のことをすこしもかまわないサチがそんなことをいうのだ。学校も同世代の友人もすべて投げだしているのに。

「じゃあ、あいつらとは二度と会わなくても、かまわないんだな」

サチはまた無表情。誰にも傷つけさせない顔。おれはだんだんとわかってきた。自分が誰かに傷つけられそうになると、サチはアルマジロのように丸まって、鉄仮面をかぶるのだ。

「うん。おごってくれたパンケーキ代が、無駄になっちゃうけど。あの人たちお金もっていそうだから、千百円くらい気にしないと思う」

メニューでちゃんと注文した料理の値段を確かめているのだ。サチはなかなかしっかりしている。

さて、どうするか。おれが東京マッチについて考えようとしたところで、着信音が鳴った。ゼロワンからだ。まだ十三分しかたっていなかった。おれと同じで、やつもよほど退屈しているのだろう。コロナ不況は夜の街だけでなく、トラブルシューターにも情報屋にも等しくやってくる。

「録音してるか？」

ゼロワンの質問。返事をする前に、おれは通話の録音を開始していた。

「だいじょうぶだ。話してくれ」

ガス漏れ声が高圧ですこしかん高くなっていた。ゼロワンも興奮している。

「まず、『㈱スエナガ企画』だな。ここは予想通り、ネットで手広く売春サイトを運営している。創業は六年前で、ここまで二十四の風俗アプリを開いてきた。どれもそれなりに繁盛していたようだ。アクセス数がすごいからな」

あきれた。そっちの世界の一大勢力かもしれない。

「バックには大手がいるのか」

おれが考えたのは、関西系の京極会や池袋なら豊島開発のような資金力のあるマル暴の大組織。

「いや、どこかの組にケツもちはまかせてるかもしれないが、金主は街の金融屋だ。スエナガローン、スエナガ商工で、金融業の登録がある。その二社がスエナガ企画の大株主だ」

大手の街金が背後についた風俗アプリ専業か。

「で、『東京マッチ』だが、このアプリは五代目だな。スエナガ企画の稼ぎ頭で、六年前の創業時には『ラブ・ハント』という名称だった。ほぼ一年で当局対策のため、アプリの看板だけ掛け替えて『ガールズ・ヘブン』『ダブル・ラビング』『ウエット＆スムーズ』。それから現在の『東京マッチ』に衣替えだ。どれが一番人気がなかったかわかるか、マコト」

わからない。そんなことに無駄にブレインパワーをつかいたくなかった。唯一覚えていた名前をあげた。

「ガールズ・ヘブンかな」

「いや、ウエット&スムーズだ。英語のできるやつがつけたのかもしれないが、アクセス数はなまじっか洒落たこいつが最低だな。その反省で五代目は誰にでもわかる東京マッチにしたんじゃないか」

おもしろい推理。大衆を相手にする場合、なんにしてもわかりやすいのが一番。池袋ウエストゲートパークとかね。

「売春アプリのシステムは？」

「客の男はアプリの画像や動画から好みの女を選ぶ。最初の登録だけ電話をするが、二回目からはメールのやりとりだけで済む。指定の場所で落ちあって、問題がなければラブホテルにいきドカタ仕事。二回目までのチェンジは無料。金の受け渡しは、女と直接だ。今日、池袋で三十四人の客がついた。一番多いのは新宿で、池袋と渋谷で二番手を競っている。三つの街で今日は合計百二十七人。ここは二時間で二・五だから、売り上げは平日単独で三百二十万弱か。年中無休だし、まともに税金を払うはずもないから、まったく悪くない商売だな」

ゼロワンは恐ろしいやつだった。

「おまえの腕がいいのか、それともスエナガがダメなのか、どっち？」

ふふふとゼロワンがめずらしく笑った。ガス噴射。

「他のクライアントなら、おれの腕がピカイチだからというだろうな。だが、実際はスエナガに問題がある。アプリのセキュリティにぜんぜん金かけてないし、本社のほうもまるでザルだ。まあ、一年で逃げるアプリのために、毎回そうそう金はかけられないのかもしれない。おれにとってはありがたいな。こいつらなら、いつでも叩ける。タカシのところに話をもちこんでもいいくらいだ」

ゼロワンはタカシのところでも、おれとは別な筋でときどき法律すれすれのしのぎをすることがあった。こんなときは業務提携とかの形をとって、コンサル料を巻きあげるのだろう。

「人事部長のタイガは？」

「おまえのところにフェイスブックの写真を何枚か送っておく。百万のゴールドのチェーンを買ったとか、ベンツのGクラスとか、見せびらかしの好きなアホウだな。どこかの構成員ではないようだ。前職はスエナガローンだから、貸金を強面で切りとりしてたんだろうな。犯罪歴はなし、結婚して子どもが三人。名前は空牙、久狼、九遠。まだ小学生だが、三人とも原宿にある総合格闘技のジムに通わせてる。生き残るには腕っぷしが一番ということか。めでたい男だ」

サチの家も同じだが、いろいろな親がいるもんだよな。わずか十三分にしては上々の成果だった。さすがゼロワン。人間性はともかく腕は頼りになる。

「わかった、サンキュー。今度、デニーズにいくよ。いっしょに晩めしでもくおう。ギャラの件はまた相談させてくれ」

通話を切った。とりあえず、相手が誰であるかはわかった。さて、ここからが思案のしどころだが、もうサチを家に帰す時間だった。

「さあ、いくぞ」

おれはそういって、とっくに空になっていたグラスを手にとった。

「いくって、どこ？　ホテルじゃないよね」

カチンときた。

「ガキに金を渡してホテルに連れこむような男たちといっしょにするな。これからサチを家まで送るんだ。これからどうするかは、明日考える」

おれはサチといっしょにカウンターにいるシンジに挨拶（あいさつ）した。やつはいう。

「どうした、サチ？　顔がだいぶやわらかになってるぞ」

「へへ、そうかな。なんかすこしだけ、肩の荷が軽くなったかも。また、きてもいいかな」

シンジがいった。

「サチ、おまえいくつだ？」

「えっ、十五だけど……」

おかしな顔をして硬直しているサチに、おれが助け舟を出してやった。

「違うだろ。そいつは何年も前の話だ」

介護少女の顔がぱっと輝いた。

「……そうだ、わたし十九になってた。誕生日は十一月二十三日。勤労感謝の日なんだ」

これはプレゼントの催促なんだろうか。まあ、いい。そのときは千円ちょっとのパンケーキでもおごってやろう。おれたちは今が盛りのクラブを出て、青い階段をのぼった。真夜中の池袋には人通りがなかった。無人の街を明治通りまでいく。おかげでタクシーも停め放題。まあ、いくらコロナでも、すこしくらいいいこともないとね。

サチの住むハイツは板橋区にあるときわ台駅の南口。土地勘のない人のためにいって

おくと、常盤台は北口が高級住宅街（もちろん板橋にだって、そういう街があるのだ）、天祖神社や常盤台銀座商店街がある南口が庶民の街だ。

　二階建ての外階段のハイツは、プラスチックみたいなつるつるの外装材で包まれた安手の造り。おれはタクシーの窓から、まっすぐな脚をホットパンツからのびのびとのぞかせたサチが、階段をのぼるのを見ていた。なんというかあしながおじさんの気分。

　一番手前のドアの前、おれに手を振ろうとしたサチが顔色を変えて、悲鳴をあげた。おれはそこまでのタクシー料金（池袋から常盤台なら大した額じゃない）を払い、クルマから飛びだした。階段を駆けあがり、サチの肩越しに扉を見る。Ａ４の紙には手書きの太い文字。

　おまえの家は知ってる。うちで稼げ。

　逃げられると、思うなよ。

　あとはピンクのハートマークだった。東京マッチのロゴだ。おれはうっかりしていた。ネット時代なのだ。おれたちにゼロワンがいるなら、スエナガ企画にも電話番号やアドレスから住所くらい特定できるハッカーがいるのは当たり前だった。やつらもおれと同じように動いていたのだ。

おれはドアの貼り紙をていねいにとって、ポケットに押しこんだ。

「なにもないとは思うけど、いちおう中を確認してくれ。それまで、ここにいるから」

サチが鍵をつかってドアを開けると、かすかに小便の臭いがした。おれは素知らぬ顔をする。サチは一分とたたずに戻ってくる。

「サクラばあ、寝てた。今夜は暑いから、おむつははずれてたよ。でもセーフ」

両手を横に広げて、アンパイアの真似をする。いや、アニャ・テイラー＝ジョイよりかわいいんじゃないか。十五歳でこの容姿なら、風俗アプリでかなりの上乗せ料金で売れるかもしれない。やっかいな男たちに目をつけられたものだ。

「いいから、もう寝ろ。また連絡する」

ドアノブに片手をかけた裸足（はだし）のサチが真剣な顔になった。

「マコトさん、いろいろありがと。ちゃんと話をきいてくれて、ほんとに」

おれは照れ隠しに腕時計を確かめた。午前二時四十分。

「朝まですこし寝るんだ。あんまりしんどくなったら、誰でもいいから大人の前で大泣きするんだぞ。嘘泣きでもいい。じゃあな、おやすみ、サチ」

おれは内側から鍵をかける音を確かめて、通りに戻った。家に帰る。往復タクシーなんて、おれも金もちになったものだ。明日も朝から青果市場にいかなきゃならない。始発まで二時間はある。さすがに、すぐに帰って寝たかった。おれは夜が弱いのだ。

つぎの朝、十一時過ぎに店を開けていると、サチからメールが入った。添付のファイルが二通。開くと格安入居金の介護つき老人ホームと東京マッチのホームページだった。サチのメールは、こんな感じ。

朝からもう十七回目です。着信拒否をしても、別なアドレスからきます。

このうちも見張られてるみたいで怖いです。

マコトさん、どうしたら、いいでしょうか。


もうのんびりとはしていられなかった。おれは店先で二つのホームページをタカシのスマートフォンに送り、すぐに電話をかけた。蒸し暑い秋の昼前、タカシは不機嫌そうに取次と代わる。

「老人ホームと風俗アプリか。マコト、おまえ頭おかしくなったのか。おれになにをさせたいんだ」

おれはストレートにいった。

「朝から晩までばあちゃんを介護してる女の子を助けてもらいたい。うまくすれば、Gボーイズのいい資金源にもなるかもしれない。その子はもうぎりぎりまで追い詰められてるんだ」

しばらくタカシの冷気が絶対零度に近いところで静止した。

「人助けに金儲けか。マコトにしてはめずらしいな。いつもぜんぜん金にならないトラブルばかりなのに」

「まあ、今回は特別なんだ。その子には先週会ったばかりだしな」

「いい女なのか」

池袋の氷点下のキングも健全な男子だった。

「よしてくれ。相手はまだ高一の十五歳だぞ」

「高一で介護か？　わかった、話せ」

おれは王命に従って、昨夜からの詳細をすべて奏上した。王が賢いとこういうとき、ほんとに便利だよな。

「わかった。介護で休学中の女が風俗アプリのスカウトにしつこく狙われている。圧力

をかけて、やつらをその女子からはがすのが、マコトの目標。その過程でGボーイズが利益をあげる分には、おまえは関与しないんだな」

おれが何ページも書いてきた話を三行でまとめた。嫌になるよな、ほんと。

「そうだ。昨日の今日で、おれのほうもまだノープランだ。どうする?」

キングが低く笑った。天気が荒れそうだ。十月の初雪?

「こういうときは古典的な方法でいいんだ。やつらは勝手に池袋で違法なしのぎをしてるんだろ。揺さぶりをかけてやれば、すぐに折れるさ。そうだな、その女から手を引かせるだけなら、二日もあればいい」

即断即決。とにかく仕事が早いんだ。タカシが政治家か役人だったら、わがニッポンの未来にも希望がもてるんだが。

「わかった。で、どうする?」

タカシの決断は、やつの右ジャブストレートと同じくらい鋭い。

「ゼロワンにすべての情報をうちに送るようにいえ。料金はGボーイズでもつ。それから特別料金を弾むから、客の情報をリアルタイムで送るように話をつけろ。今日の昼から、東京マッチの客を狩るぞ。アプリ狩りだ」

もつべき者は頭の切れる絶対権力者だよな。おれは幸福な気分で、ゼロワンに電話をかけた。

その日一時二十五分、おれはタカシとホテルメトロポリタンの脇の路地にいた。近くにはGボーイズのRVとミニバンが一台ずつ。Gボーイの特攻隊員が報告する。

「どうせ偽名でしょうが、男は神澤翔（かみざわしょう）、三十八歳、グレイのスーツに白シャツ、ネイビーのタイをしています。半にホテルのエントランス前で、ノエルという女と待ちあわせです」

ショルダーバッグを肩にかけた、どう見ても四十代なかばのくたびれたサラリーマンがやってきた。柱にもたれ、スマートフォンを片手に周囲をきょろきょろと見ている。期待感と興奮でさぞや盛りあがっていることだろう。平日の午後、会社をさぼって風俗アプリを利用中なのだ。

Gボーイズがふたり、それにタカシで神澤翔をとり囲む。男は驚いていた。タカシが王の威厳をもって宣告する。

「ノエルという女はもうこない。今日はビジネスは中止だ。文句があるなら東京マッチの運営に、Gボーイズに脅されたといえ。すぐにこの場から立ち去るんだ。嫌なら、おまえが勤める会社に、東京マッチとおまえが偽名でつくったアドレスを送る。いいか、神澤？」

最初は怪訝（けげん）な表情をしていた会社員は、最後で顔色を変えた。冗談ではないとわかったのだろう。こんなことをいわれたら、誰だってびびる。客の男は速足で、ショルダーバッグの肩ひもを強く握り、メトロの階段に消えていく。

キングは肩をすくめると、おれにいった。

「こんな感じかな。どうだった、マコト？」

おれは満面の笑み。道化だって、心から王に感服することはある。

「タカシは最高の役者だな。いいか、神澤？　あれは今年いっぱい笑えるよ」

涼しい顔でキングがいった。

「つぎは十五分後にマルイ前だな。さあ、いくぞ」

おれたちは蒸し暑い十月、劇場通りをのんびりととり壊しが決定したマルイに向かった。

その日、タカシが動かしたGボーイズは、全六チーム。東京マッチの客と嬢の出会いを池袋駅周辺でつぎつぎと潰していく。阻止率は八〇パーセント以上を記録した。実質的にもうこの街では、東京マッチは仕事はできなくなった。
その日の夜には、Gボーイズの渉外担当からスエナガ企画に一報が入れられた。Gボ

ーイズのメンバーの妹におまえたちは手を出した。罰として、池袋でのビジネスは封印させてもらう。今後もこの街で商売がしたいなら、マージンを寄越せ、とかなんとか。おれは詳細は知らないし、知りたいとも思わない。どれくらいの金がGボーイズに流れたのかもね。ただ、サチにタイガの手が伸びなければ、それで十分だ。

　スエナガからはすぐに返事がこなかったらしく、翌日には池袋だけでなく渋谷でもGボーイズのマッチング潰しが始まり、とうとうやつらも音(ね)をあげた。無理もない。ペナルティは時間とともに増大する。翌週には最大のドル箱・新宿も締めあげると脅したのだ。まあ、新宿は地場の組織が強く、Gボーイズとしてもあまり手出しをしたくない場所ではあったらしいが、そんな事情を東京マッチが知るはずもない。

　タカシのいうとおり、二日後にはサチへの嫌がらせはやんでいた。

　さすが池袋のキング。おれよりずっと頼りになるのは確かだ。だが、さすがのタカシでも、介護の秘密を十五歳の女の子からききだす力はないだろうが。

　人にはそれぞれ別な力が与えられているということ。なっ、あんたも諦(あきら)めることないよ。

ゼロワンから膨大な量の介護に関する資料が送られてきたのは、数日後のことだった。おれはそのうちよさげなものをいくつか選んで、サチに送った。今のサクラばあの状態は、週に二、三回の訪問介護なら、無料で受けられるらしい。大人に助けを求めることも、ときには重要なのだ。まあ、それ以外の日はサチがすべてを看ることになるのは、変わらないのだが。

それでもサチにはずいぶん感謝された。週に二回高校にいくのは、最高の息抜きでディズニーランドに通うのと同じなのだという。それから、サチとはたまにシンジのクラブで会うだけになった。まあ、年相応のやつとつきあうほうが、サチにとってもいいことだ。

サチからウエストゲートパークに呼びだされたのは、十一月二十日だった。さすがに東京も冷えこんで、コートが欠かせなくなっている。おれはもう十年も着ているスコットランド製のダッフルコートで、片手に紙袋をさげて、まだ明るい円形広場にいった。

グローバルリングが輝く空の上は、夕焼けに燃えていた。「普通」に生きているおれたち、ひとりひとりの上にもこんな贅沢な王冠が載せられたらいいのに。おれは愚かなた。

サチは紺のピーコート。きれいな顔をした少年水兵みたいだ。おれは紙袋を差しだし感傷に酔っていた。

「すこし早いけど誕生日おめでとう。サクラばあとたべてくれ」

なかには一番ちいさなサイズのホールのケーキ。定番の生クリームとイチゴのやつだ。1と6のロウソクもつけてある。

「ありがとう、マコトさん」

サチの様子がおかしかった。無表情でも、無感情でもない。その代わりに訳がわからない様々な心模様がうねっている。

「ケーキはママとわたしで、たべるね。もうサクラばあはいないんだ」

驚いた。あせっていった。

「入院したのか、それともどこかの施設？」

二年待ちが当たり前の特養にうまく入れたのだろうか。

「ううん、前からお医者さんにはいわれてたんだ。次に脳の発作が起きたら覚悟しておいてくださいって」

サチは顔をあげて、駅前の公園を見つめていた。家に帰る学生と会社員が、カラフルな魚のように駅に流れていく。おれはなにがあったのか、ようやく理解した。

「そうだったんだ」

「うん、最初のときは二週間も入院して、リハビリだって半年もかかったのに、今度は三日だけだった。意識も戻らないし、脳死なんだって。手も足も、頰っぺたも、まだあったかいのに。お医者さんって変なことというね」

　サチの顔がおかしくなった。信号機のようにくるくると、目の表情だけ変わるのだ。

「急にこんなことといって、ごめんね。でも、誰にもいえなくて。わたし、寝る前に頭のなかで、よくばあを殺してたんだ。首を絞める夢を見て、怖くて飛び起きたこともある。あんなに意地悪で迷惑ばかりかけるばあなら、もういらない。何度もそう思った」

　サチが横を向いて、おれの目を見た。また必死のSOS。こんなに重い話をきいて、おれに救命ボートなんて出せるのだろうか。おれは池袋の街で生きてる、その辺のガキと同じなんだ。サチはいつかと同じ大粒の涙を落とす。ピーコートを転がり落ちて、公園の石畳に点々と染みをつくった。

「あんなに消えて欲しいと思ってたのに、ほんとにばあが死んじゃったら、わたしなにをしていいのかわからなくなった。毎日学校にはいける。友達にも会える。お風呂の介助も、紙おむつの世話も、薬の管理もしなくてよくなった。夢に見ていた、自由で、『普通』なのに、なにをしたらいいのか、ぜんぜんわからないよ」

　絶望的な顔をしていた。おれは自分が追い詰められていることを知った。ほんとうに手強い相手は、風俗アプリの運営でなく、命がけの問いを投げてくる少女なのだ。

「ねえ、マコトさん。ほんとはわたしがそうお願いしたから、神様がばあに発作を起こさせたんじゃないのかな。学校にいけますように、ばあの介護をしなくて済みますようにって、何度も何度も願ったから……」

おれは息を詰めてきいていた。おかしな慰めなんて、どうにもならない。

「……わたしがばあを殺したんじゃないのかな」

おれは無意識のうちにサチと呼吸をあわせていた。息が苦しいのも当たり前だ。

「サチ、深呼吸して。おれは神様じゃないから、その質問の答えはわからない。でもさ」

泣きそうなのに笑うのって、ほんとしんどいよな。でも、おれはなんとか笑ってみせた。

「病気になる前のサクラばあが生きていたら、今のサチになんていうかな。目を閉じて、想像してみてくれ。怒ってる、それとも笑ってる？」

目を閉じたままサチはいう。

「忘れちゃったよ。最近のばあはいつもわたしに文句しかいわなかったもん」

「そうなんだ。でも、脳の病気がそういわせてたんだろ。おれは絶対にサクラばあが、サチにいうことがひとつだけわかるぞ」

「ほんとに」

「ああ、全財産をかけてもいい。サクラばあは今生きてたら、絶対にこういうんだ。サチ、誕生日おめでとうって」

サチのダムが決壊したみたいだ。声を殺して、大泣きしている。おれはバカみたいにいっしょに泣かないように耐えていた。おれの声が涙でかすれてしまったのは、許して欲しい。

「それで、サチにいうんだ。生まれてきてくれて、ありがとうってさ」

サチは泣きながらいった。

「……ほんとにそうだったら、いいなあ。でも、そんなの勝手だよね」

「おまえ、わかってないな。生きてる人間は勝手なことをいくらでも思っていいんだ。それが生きてるやつの特権なんだ。死んだ人のことを自由に神様にしたっていいんだぞ。なあ、サチ、サクラばあはいい女神様になると思わないか」

サチが涙目で笑った。

「ぜんぜん思わないよ。女神様はお尻かゆがって、紙おむつはずさないもん」

いや、おれはそうは思わない。神様は紙おむつを穿いたことがあるし、友達に電話をかけて介護者の孫娘の悪口をいったこともあるはずだ。おれの考える神様って、そんなフレンドリーな感じ。

「なあ、サチ。いっしょに夕めしたべて、そのケーキもってシンジのクラブにいかないか。三人でケーキくおうぜ。あいつもおまえのこと、すごく心配してたからさ」

サチはうなずいていった。

「わかった。せっかくの十六歳の誕生日だもんね。クラブいきたいな。でもここですこしだけ頭を冷やさせて。わたし、泣いたからひどい顔してるでしょ。マコトさんも同じだけど」

それからおれたちはウエストゲートパークの明るい夕空の下、おたがいの顔を指さして笑った。笑い声をあげているあいだだけ、悲しみがすこし遠くなるのを感じた。その夜のサチはよくノンアルコールのカクテルを飲んで、よく踊った。おれとシンジがケーキの上で輝くイチゴを、全部サチにあげたのは、だから当然のことなんだ。

神様のポケット

たとえ一年に一度でも、神様のために小銭を放るって、いい気分だよな。

雲の上の誰かさんにこっちはなんとか元気でやってますって、報告でもしている感じになる。いいことを願えば胸がすっきりして、悪しき想念をデトックスした晴ればれとした気分にもなる。そんな場合、実は願いがかなうかなんて、どうでもいいのだ。願うこと自体が頭とハートのいい運動なんだから。

年末年始のお参りにダッフルコートなんかを着ていくと、フードのなかに五十円玉なんかが入っていて、あとですこしうれしくなったりもする。大行列に押し立てられ、賽銭箱の最前列に並んでいると、後頭部にこつこつ小銭が当たってけっこう痛かったものだ。東京では初詣はいつも相当な人出だからね。

おれは普段はあまり神も仏もジーザスも信じちゃいないが、たまに気分転換にお寺や神社にいくのは嫌いじゃない。有名な縁結びの神様や由緒と格式のあるところは無視して、うちの近所で歩いていけるちいさな寺社にお参りするのが好きなのだ。

たいていそんなところに参拝客はほとんどいない。空は東京の冬晴れ、空気は湖のように澄んで静まり、おれは五円玉か五十円玉をひとつ、願いをこめて賽銭箱に落とす。今年も一年ありがとうございました。来年もよろしく。願いは毎年単純で、素朴なものだ。けれど、この縮みゆく国で、さして困りもせず自由に好き勝手をして生きていけるなら、それだけで儲けもの。ついでにGDPと同じように、心まで貧しくなりませんようにと、つけ加えてもいいかもしれない。

今回の話は、池袋の犯罪史上最低額のコソ泥に関する情けない物語。やつが最初に盗んだ金額は千六百三十二円。張りこみには池袋署の刑事が四人も、ほぼ一週間動員されたと思うと、犯人確保の費用対効果の悪さにめまいがしそうだ。バングラデシュ人のコンビニバイトも、退職したコソ泥専門の刑事も出てくる、歳末の特別バージョンだ。

さて、この物語が終わったら、おれも雑司が谷の鬼子母神にでもお参りにいこうかな。あそこの境内の駄菓子屋の麩菓子は、子どもの頃からの大好物。すっかり葉を落としたイチョウの大木の足元で、空を見あげながらたべる麩菓子は、淡い冬の雲でもたべてるみたいで、最高にうまいよな。

「揚げたてのコロッケ、いかがですかあ」

「パンプキンとカレー、神戸牛のコロッケいかがですか」

混声合唱のような男と女の呼びかけだ。西一番街の奥にあるいきつけのコンビニの前には、ギンガムチェックのクロスがかかったテーブルが出されていた。おれは配達の帰り道。

「マコトくん、コロッケひとつ、どう？」

声をかけてきたのは、アヤコだった。西山綾子という本名があるんだが、胸のプレートにはカタカナでアヤコと書いてある。コンビニでバイトをしているが、本業はおれと同じライターだ。年齢は四十代中盤。ちょっとおしゃれな小太りのおばちゃんという感じ。

さすがに年の瀬になると、池袋も本格的な冬だった。駅前のビルでいっそう強くなった北風は、氷の刃のように頰を叩いてくる。

「じゃあ、ひとつ、もらおうかな」

おれはガラスケースを覗きこんだ。保温用のライトが当たって、コロッケは黄金色。

実にうまそう。

「じゃあ、普通のコロッケひとつ」

アヤコはいった。

「マコトくん、ちょっとだけ時間ある？」

おれはぜんぜんうちの果物屋には帰りたくない。いつでも、どんなときでも。

「ああ、だいじょうぶだけど」

アヤコはにっと笑って、同僚の外国人に声をかけた。

「クマくん、プレーンひとつ揚げてきてくれない」

『ボヘミアン・ラプソディ』でフレディを演じた俳優によく似た、浅黒い顔をしたやつだった。コンビニの店員が外国人なのは、いつのころからかすっかり慣れてしまった。それにえらく日本語が上手いのも。胸のプレートにはクマール。

「わかりました、アヤコさん」

青と白のストライプの制服を着たクマールが小走りで店内に駆けていく。

「あいつ、クマールっていうんだ。それが名前なのかな」

「違うみたいだよ。クマールがファミリーネームで、名前はアクシャイっていうんだって。腰が軽くて、よく働くいい子だよ」

一般的に中年女性って、若い男はみんな「子ども」扱いだよな。

「へえ、でもクマさんって、落語みたいでいいな。どこの国からきたんだ？」

「バングラデシュだって。わたしも若い頃、バックパックかついで旅したけど、日本の女性はめちゃくちゃもてるよ」

　不思議な話。世界中どの国でも日本の女はもてて、男はもてない。なにか根本的な原因でもあるのだろうか。おれとアヤコが立ったままバカ話をしていると、クマールが戻ってきた。

　手には揚げたてほかほかのコロッケ。こんなにうまいものが、ひとつ百円なんて、デフレニッポン万歳だ。

　おれは立ったまま湯気をあげるコロッケをかじった。育ちが悪いのは、この街で育ったせいなので勘弁してくれ。クマールにきいてみる。

「この店にきて、どれくらいになるの」

　クマールはインド亜大陸的なハンサム顔をかたむけていった。

「えーっと、もう二週間くらいになります」

　おれはアジアからきた語学留学生と日本語学校のトラブルに一枚嚙(か)んだことがあるの

で、それとなくきいてみる。

「クマさんの学校って、やばいところじゃないよな」

悪質な日本語学校は高い学費だけでなく、貧困ビジネスと同じ手口で住まいを手配し、布団代、水道光熱費、テレビのレンタル代とあらゆる名目で、学生から金を吸いあげるのだ。

「はい、わたしのところは問題ないです。寮は格安ですし、先生もいい人ばかり」

「ふーん、それならいいんだ」

アヤコが横から口をはさんだ。

「クマくんは優秀だよ。チームを組むなら日本人の学生バイトより、クマくんのほうがずっといい。さぼったり、面倒な仕事を人に押しつけたりしないしね」

留学生には働ける時間の上限がある。もう忘れてしまったが、確か週二十八時間だったかな。おれは今は彼がいないといっていたアヤコをからかった。

「それにエキゾチックなイケメンだしな」

「なにいってんのよ、年が二十も違うでしょう。クマくんは息子みたいなものなんだから。といっても未婚で子なしなんだけどさ」

アヤコは音楽ライターをしている。業界の売り上げがさがると同時に、音楽出版も縮小した。今では半筆半コンビニの生活。まあ、おれの半筆半店番と似たようなもの。

「マコトくんの連載は打ち切りとか噂ないの」

北風よりも厳しい寒さが、身体の奥から湧いてくる。

「ああ、今のところはな。読者の反応はそこそこ悪くないみたいだ。うちの雑誌早いうちからネットをやってて、そっちのほうのファッション通販が儲かってるみたいなんだ。おれなんてぜんぜん貢献してないけどな」

「ふーん、うらやましい話だよ。わたしなんて、仕事先の雑誌が毎年ひとつずつ潰れていったからね。この年になって、どうしろっていうのかなあ」

コンビニの時給は最低賃金に近い千円とすこし。東京でひとり暮らしをするには、フルタイムで働いてもぎりぎりだ。クマールがいった。

「ふたりとも文章を雑誌に発表しているんですね。すごい、尊敬します」

にこにこしている。歯がやけに白くてきれいだ。

「そんな立派なものじゃないよ。雑誌の端っこのページにあるただのコラムさ」

だが、その仕事がなくなったら、きっとひどく淋(さび)しく感じることだろう。好きな題材で、好きなように書いていい、おれだけのページなのだ。固定の読者もすくなくはないらしい。

「いいえ、おふたかたとも立派です。わたしは尊敬します。お金があるない、関係ない。知性的であるというのは、素晴らしいこと」

アヤコが目を丸くして、おれのほうを見た。

「クマくん、いつもこの調子だから。力仕事は全部代わりにやってくれるしね。わたしがいい子だっていうのも納得でしょ」

おれは残りのコロッケを口のなかに放りこんでいった。

「ああ、アヤコさんのいうとおりだ。おれたちって、ほんとに池袋でも有数の知性派なのかもしれないな」

アヤコは自分の制服に目をやった。

「この格好で、わたしが？」

クマールが自信満々でいう。

「着ているものも、外見も関係ありません。今度、おふたかたの文章を読ませてもらいます」

確かにおれがユニクロのウルトラライトダウンにコーデュロイのパンツを着てることなど、おれの知性とは無関係だった。

「なあ、クマさん、今度暇なとき、この通りの先にある果物屋に顔を出せよ。売れ残りのうまい果物分けてやるから」

両手をあわせて、ハンサムなバングラデシュ男がいった。

「ぜひ、そうさせていただきます。ありがとうございました」

アヤコがクマールの肩を突（つっ）いた。仲がよさそう。

「クマくん、違うでしょ。今のは過去形だよ」

「ああ、そうでした。ありがとうございます、マコトさん」

そんな風に、おれはまたこの街でもうひとりダチをつくったって訳。

だが、悪い話は突然襲ってくる。

クマールが逮捕されたというニュースは、アヤコからきいた。冬の冷たいしとしと雨が降る昼過ぎ。私服姿のアヤコがうちの店先に立って、おれを手招きした。それを見たおふくろがいう。

「恋愛は自由だから、相手の年のことはいいたかないけど、マコトも守備範囲が広いねえ」

「勘弁してくれ、そういうのじゃないから」

おれは傘が好きじゃないので、そのまま店先の歩道に向かった。

「どうしたんだ、急に」

アヤコがビニール傘をさしかけてくれる。おれは興味津々でこちらを見ているおふくろをチラ見した。傘を押し戻していった。

「傘はいいから。なにか急用か」

アヤコは雨の西一番街で左右を見渡した。不審者でもいるみたいだ。声をひそめていった。

「さっき、うちのコンビニに池袋署の刑事がきた。オーナーとなにか話していたんだけど、そのあとわたしのところにもきたんだ」

刑事がきた？　どういうことだろう。おれはとっさに質問した。

「池袋署の何課の刑事？」

「刑事三課とかいってた」

所轄署の刑事三課。窃盗担当だ。

「で、なんの話だったんだ？」

アヤコの声がさらにちいさくなった。

「信じられないよ。クマくんが逮捕されたって」

おれはついおおきな声をあげていた。

「えー、あのクマールが！」

「ちょっとマコトくん、静かにして」

「すまない、だけどクマさん、いったいなにをやらかしたんだ」

アヤコの太い眉が八の字になった。

「それがね、なんと賽銭泥棒だって」

賽銭泥棒？　いったいいつの時代の話なんだろう。

「確かにクマールがやったのか」

「わからないよ。今朝早く、雑司が谷の鈫竜寺で逮捕されたんだって。刑事が張りこみをしていたみたい。現行犯逮捕だって」

「ほんとに、ほんとか。それじゃあ、まずクマールが犯人じゃないか」

アヤコがため息をついた。

「でも、どうしてもわたしはクマくんがそんなことをするなんて思えないよ。だって、ちゃんとコンビニでバイトもしてるしさ。そんなにお金に困ってるようにも見えなかった」

おれは揚げたてのコロッケを手渡してくれたクマールの笑顔を思いだした。おふたかたを尊敬します。そんなことをいうやつが、よりにもよって賽銭泥棒か。まったく想像もつかないが、どんなやつにでも裏の顔がある。

「人間なんてわからないよな」

ぶんぶんと音がしそうなくらい激しく、アヤコが首を横に振った。

「いや、わかるよ。クマくんはそんなこと絶対にしない。わたし、今度池袋署に面会にいってくる。なにかの間違いに決まってるよ」

ひどく怒りながら、アヤコはさよならもいわずに帰っていった。おれが店に戻ると、おふくろはいう。

「なんだいけんか別れかい。彼女、ひどくご機嫌ななめだったじゃないか」

「彼女じゃないし、けんかもしてない。コンビニのバイト仲間が警察に捕まったんだってさ」

おふくろは顔色を変えた。

「いったいなにをやらかしたんだい」

「賽銭泥棒」

間髪(かんはつ)をいれずにおふくろはいう。

「地獄に堕(お)ちるよ」

「はいはい」

おれは店番に戻った。クマールはいいやつだが、おれにしてやれることはなにもなさそうだった。留置場のなかでは手を出せないし、日本の検察の有罪率は九九パーセント以上。まず起訴されたら有罪なのだ。

それでも冬の雨空といっしょで、なんだかすっきりしない気分だった。おれの頭のなかで、クマールの言葉が響いている。お金があるない、関係ない。そんなことをいうやつが、小銭欲しさに賽銭泥棒なんて、ほんとにやるのだろうか。

まあ、おれにはそれこそ関係ない話だったけれど。

気の毒なバングラデシュ人アルバイトのことは、それで忘れてしまった。十二月の果物屋はなかなか忙しいのだ。

電話があったのは、二日後のことだ。朝十一時、店開きをしているときだった。着信画面に目をやると、めずらしい名前。池袋署生活安全課の刑事・吉岡（よしおか）だった。腐れ縁。斑点だらけで真っ黒なバナナみたい。おれが電話に出ると、やつはいう。

「ようマコト、久しぶりだな」

「そっちから電話なんて、今日は雪だな」

「まあ、そんなことというな。ちょっとおまえに話があるんだが」

なんというか、吉岡の雰囲気が柔らかかった。新しい毛生え薬が効いたのだろうか。

「別にかまわないけど、話ってなんだよ」

「おれはまだ署なんだ。昼めしをくいながらでもいいか」

「そっちのおごり？」

「ああ、今日はおれのおごりだ」

めずらしいことがあるものだ。ただの雪でなく、午後から青い雪が降るかもしれない。

「目白の『カーサ・レガリア』知ってるか」

驚いた。この二年ほどで有名になった目白のイタリアンの名店だった。ランチの定食はない。コース料理が三千五百円から。おれはタカシといっしょに一度だけいったことがある。必死になにをたべたか、思いだした。

「前菜の盛りあわせがうまいよな。ハマグリのアヒージョとか」

「生意気なこといってんなあ。その店で十二時半に予約を入れておく。ちゃんとした格好でこいよ」

「わかった。でもさ、なんの用件なのか、ヒントくらいくれよ」

「うるせえな、すぐに会うんだからいいだろ。じゃあな」

突然切れた。吉岡のくせに生意気だ。そのときおれが考えていたのは、とんでもなく恐ろしい話。吉岡がネクタイを締めたスーツ姿でおれにいうのだ。マコトのおふくろさんと正式におつきあいをさせてください。

おふくろの声が背中に飛んだ。

「誰からの電話だい？　さっさと店開けちゃいな」

吉岡の名前を口にしたくなくて、おれはさっさと冷たい冬の王林（おうりん）をカゴのなかに積みあげていった。

目白駅から歩いて五分ほどのところに、そのイタリアンはある。目印はイタリアの三色旗と中世の鎧だ。旗をもった銅色の鎧がエントランス脇に立っている。おれは吉岡にいわれたとおり、紺のジャケットを着ていた。下はジーンズだけどね。

一軒家のイタリアンレストランに入ると、中庭に面したテーブルで吉岡が右手をあげた。素焼きのタイルが張られた床で、おれの靴音が響く。たまに革靴を履くと気分がいいよな。やつの前には赤ワインのグラスがひとつ。イタリアワインと吉岡。十二月のアロハくらい場違い。おれはやつの正面に座った。ウエイターにいう。

「同じ赤をひとつ」

吉岡がいった。

「うちの署のやつと鉢あわせしたくないからな。ここなら、うちじゃあ署長くらいしかこないだろ。コースはおれが適当に選んでおいた」

横山礼一郎（よこやまれいいちろう）警視正はおれの幼馴染（おさななじ）みで、池袋署のトップだ。最近会ってないけど、元気にしているだろうか。

「誰にもきかれたくないやばい話なのか」

吉岡は浮かない顔をしていった。

「うーん、やばいとも、別にやばくないともいえるんだがな。おれからマコトに依頼があるんだ」

「依頼って、おれにトラブル解決の？」

驚いた。吉岡からそんなことを頼まれたことは一度もない。トラブルシューターとしてのおれを、ちゃんと評価してくれていたのだ。

「ああ、おれには警視庁に入ったときから世話になってる先輩がいてな。山根（やまね）さんというんだが、その人が今度池袋署の刑事三課を依願退職したんだ。なんでも来年から故郷に帰って、家の農場を手伝うらしい」

刑事三課？　最近誰かからきいた言葉だった。

「で、その山根先輩から、頼まれたんだ。担当した最後の事件に納得がいかないとな。どうやら、おまえがこの街でしていることをきいていたみたいだ」

「へえ、おれの仕事を本職の刑事が評価してくれたんだ」

吉岡が渋い顔をした。

「調子に乗るなよ。山根先輩は気骨（きこつ）のある人でな、生涯一刑事を貫いた」

おれはついふざけて軽口を叩いた。治らない病気。

「あんたと同じ平刑事で退職ってこと？」

吉岡が細い目をむいて、おれを見た。

「おまえなあ……根無し草のマコトにいってもわからないかもしれないが、警察も日本的な組織でな、上司に本気で一度でも楯突いたら出世の目なんて消えてなくなるんだ。山根先輩は若い頃、捜査方針をめぐって本庁からきたキャリアともめてな。一発でアウトになった。まあ、本人も昇任試験から逃げまくっていたから、現場の仕事が好きだったんだろうけどな」

果物屋の店番という対人関係のストレスがまったくない仕事をしているおれには、想像もできない世界なのだろう。吉岡はひとり言のように漏らした。

「仕事もできるし、いい人なんだが、上に逆らう癖があるんだよなあ。おれも気をつけないとな……」

「わかったよ。吉岡さんが世話になった先輩の最後の頼みなんだろ。おれも生活安全課にはずいぶん借りがあるし、できる限りのことはしてみる。で、どういう窃盗事件なんだ」

吉岡は赤ワインをひと口ふくんで、口元を引き締めた。

「こいつ、ずいぶん渋いワインだな。おまえに頼むのもはずかしいようなチンケな事件だ。今どき、天下の東京副都心・池袋で賽銭泥棒だよ」

　今度目をむくのはおれの番だった。

「……クマールか」

　金は天下を回らないが、トラブルの種は天下を回る。すくなくとも、おれが住む街ではね。

「薄気味悪いやつだな、おまえ。どうして容疑者の名前を知ってる？」

　おれはアヤコと凸凹（でこぼこ）コンビで、コロッケを売っていたバングラデシュ人を思いだしていた。

「ちょっとした知りあいだ。クマさんは近所のコンビニの店員で、たまに話すことがあったんだ。やつの人を見る目は確かだったよ。おれのこと、知性的といってたからな」

　眉をひそめて、万年平刑事がいう。

「おまえのいうことは冗談だか、本気だかわからんな」

　おれはいつだって大真面目だし、本気。ただ相手にそれが伝わらないのだ。こんなによくしゃべるコミュ障（しょう）ってめずらしいかもしれない。

「いいから、クマさんの状況を教えてくれ。留置場では元気にやってるのか」

くいものがあわないとか、話し相手が誰もいないとか、異国のブタ箱に留置されるのは、たいへんなストレスだろう。

「ああ、だがえらく絞られているらしい。賽銭泥に関しては、徹底的に否認してるからな。容疑を否認したときの警察の厳しさは、マコトにもわかるよな」

わかる。素直に自分がやりましたといえば、優しくていねいな扱い。だが、否認すれば認めるまで、がちがちに抑えつけられる。心が潰れるまでな。賽銭泥棒みたいな微罪で、そこまで徹底抗戦はめずらしかった。

「容疑者は困ったやつらしい。乱暴な態度はとらなくて、大人しいんだが、徹底否認のうえ、明けがたの寺になんでいたのか、理由をまったく明かさないんだ。おかしいだろ、まだ薄暗い時間に寺にいって、賽銭箱を覗きこんでるなんてな」

確かに、おかしい。クマールは小銭が欲しいがために、ちゃちな犯罪に走るような無分別なタイプではないはずだ。

「刑事三課で張りこみしてたってきいたけど」

浮かない顔で、吉岡はうなずいた。

「ああ、四人態勢で八日間、この真冬に徹夜の張り番だぞ。しんどいったら、ありゃしない。あんなチンケな賽銭泥棒つかまえるのに、署の予算をいくらつかったと思ってんだ。ふざけやがって」

　それは現場の素直な感想だろう。別の部署でも刑事の苦労は手にとるようにわかるのだ。

「張りこみしてたってことは、前があるんだろ」

「ああ、欽竜寺のほうから被害届が出された。証拠の監視カメラの映像といっしょにな」

「映像にはクマールが確かに映っていたのか」

「あいにく旧型の白黒カメラで、映像が粗いんだ。顔はわからないが、黒いパーカーのフードをかぶった男が映っている。下も黒っぽいパンツにスニーカー。最初のときに盗まれたのは、届けでは千六百三十二円。背格好は容疑者と一致する。身長が百七十五センチくらい、痩せ型」

「で、逮捕のときの状況は？　クマさんは盗んだ小銭をもっていたのか」

「おまえ、安全課の課長みたいだな。そう、ぽんぽん質問すんな。だいたい、こいつは三課のヤマで、おれは山根先輩からきいただけなんだからな。ちょっと待て」

　吉岡はツープライスのスーツショップの安いほうのラインのジャケットの内ポケットから、手帳をとりだした。一年も終わりに近づいて、手帳はぼろぼろ、厚さは倍ほどになっている。いっておくが、日本のその手の格安店のスーツは、縫製も生地も価格にしては抜群の出来だよ。

「ちょっと待て。えー、新人の捜査員がミスをして、音を立てたらしい。容疑者が逃げようとしたので、賽銭泥は未遂で現行犯逮捕になった。そのときの容疑者はしゃがみこんで、賽銭箱の下を覗きこんでいたようだ」

「ふーん」

警察でなくとも、心証はほとんど真っ黒だろう。

「じゃあ、決定的な証拠はないんだな」

「まあ、物証という意味ではな。だから、自白が大事なんだ。容疑者が否認してるから、事件はにっちもさっちも動かない。おまけに容疑者はアジア系の外国人だろ。人権団体とかの抗議がきたりすると、一気に面倒になる。刑事三課も困ってるんだ」

そんなときに警察がどんな手をつかうのか。おれはよく知っている。心を折りにくるのだ。弱みを突き、感情を揺さぶり、とにかく罪を認めさせる。で、たいていの人間は心を折られる。おれは警察の悪口をいってる訳じゃない。すくなくとも海外の警察よりは暴力的じゃないし、警察にとっては何万件とある事件のひとつに過ぎない。ただひとつだけ忠告するなら、あんたも絶対に容疑者にはならないほうがいいってこと。

あんたの心も、おれと同じで強度は立ちぐいソバの割りばしくらい。

簡単にへし折られる。

おれたちはワンプレートに盛りだくさんになった前菜に手をつけた。モッツァレラチーズが載ったカモのロースト。ハマグリとブラウンマッシュルームのアヒージョ。レンズ豆と刻んだパンチェッタの入ったクスクス。葉もののサラダはオリーブオイルとニンニクのいい香り。おれの一週間分のランチ代より高いんだから、当然。

「だけど、おれには留置場のなかには手を出せないよ。山根先輩は、いったいなにをやらせたいんだ？」

吉岡はブルドーザーの勢いで繊細な盛りつけを崩していく。牛丼を平らげるのと同じ速度だった。貧しい者は幸いかなといったのは、どこの誰だ。カモ肉をくちゃくちゃ嚙みながらいった。

「容疑者から最初に話をきいたのが、山根さんでな。どうやら、そのときシロの感触をつかんだらしい。で、捜査継続を上申した。だが、ホシをいったん確保したヤマで、もう一度捜査班を動かすのは、並大抵のことじゃ不可能なんだ。わかるだろ、年の瀬にもう一週間か二週間、四人態勢で徹夜の張りこみをするんだぞ。おまえなら、すすんでやるか、マコト」

とてもじゃないが、やりたくない。それなら手元にいる容疑者に自白させたほうがずっといい。コスパ的にも、捜査員の人的資源の有効活用にも。だいたい十二月の夜明けの寒さは非人道的だ。

「じゃあ、おれとGボーイズでその欽竜寺とかいう寺に、徹夜で張りこめっていうのか」

吉岡はさも愉快そうに、ゆっくりと笑った。

「だから、こんな高い店でマコトにおごってるんだろうが」

最低だ。くえない刑事。

前菜を片づけると、おれはいった。
「ひとつききたいことがある。山根さんには張りこみが無駄足にならないという確信はあるのか」
ふうと肩で息をして、吉岡がいう。
「そんなこと、おれにきくな。先輩にはそいつがあるから、おまえに頼むんだろう。賽銭泥棒ってやつは罪の意識が薄く、リピーターになる可能性が高いとはいっていたな。万引きと同じで、常習になりやすいそうだ。真犯人がいるとしたら、ニュースにもなってないから、容疑者が捕まったことさえきっと知らないはずだ。もうすぐ年末だしな、のんきな気分でまたやるんじゃないか」

そこでメインの前のパスタがやってきた。宮崎地鶏の卵とパルミジャーノのカルボナーラ。イタリアンって塩がしっかり利いてうまいよな。

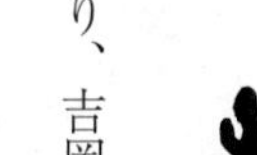

約束通り、吉岡がランチコースをおごってくれた。店から出てきた万年平刑事に会釈する。

「ごちそうさま、ラーメン以外のもの、おごってもらったの初めてだな」

中学のワルガキと少年課の刑事として出会ってから、もう十年以上。何度もやつとはめしをくっていた。

「ああ、つぎからは牛丼かラーメンだけだぞ。マコト、時間あるか」

おれの返事をきかずに、JR目白駅のほうに歩きだす。女にもてないはずだ。おれは返事をせずに、やつの安ものナイロンコートの背中を追った。

目白の駅舎は、おれにいつもどこか高原リゾートにある駅を思いださせる。白いコットンレースのサマードレスが似あう駅舎なんて、山手線にはほとんど存在しない。改札前は広場になっているのだが、駅前の人波からはずれたところに、小柄な初老の男が立っていた。二十年ものの角ばった灰色のスーツ。目は開いているのか閉じているのかわからないくらい細い。オールバックの髪は銀色。なんだろう、吉岡やおれなんかと違って、軽々しく扱えない存在感がある。胸に一物ある感じ、刃物を呑んでる感じ、いや志を秘めた感じというのかな。

吉岡がおれのほうを振り向いて、紹介してくれた。

「こちらがおれの尊敬する山根先輩だ。そんなことはしなくていいといったんだが、どうしてもおまえに礼がいいたいそうだ」

おれは軽く頭をさげた。

「どうも……」

自己紹介をしようとしてあせってしまう。山根先輩は三十歳以上年下のおれに深々と頭をさげたままだった。こういう人が上司と一度トラブったただけで、昇進の道を断たれるのか。組織はたいへん。

「吉岡さんにお世話になってる真島誠です。今回の容疑者って、実は近所のコンビニの店員で、おれも何度か話したことがあるんです。いいやつでした。おれも張りこみ、がんばります」

「無理なお願い、すまないね、真島くん。正月から福島の実家に帰って、百姓になるんだが、最後の事件のあと味が苦くてね、どうにも心地が悪かった。どうしてもあの彼がクロには思えないんだ。吉岡くんにも、真島くんにも無茶をいってしまった」

また頭をさげる。きれいな銀髪だった。

「いいんですよ。クマールのために、なにかできるなら、おれもうれしいし」

吉岡が目を細めていう。

「マコト、山根先輩は律儀なところがある人でな、ここでおまえを待っていたんだ。あの店で約束した時間、覚えてるよな」

覚えている、十二時三十分。駅舎にかかる時計は、そこから九十分後。

「自分の頼みで、ふたりが話をしているなら、そのあいだはここに立って待つといってきかないんだ。雨じゃなくてよかったよ」

枯れた手を振って、元刑事が笑った。

「わたしらの仕事の半分は待つことですから、これくらいはまったく気になりません。そうか、きみが真島くんか。気もちのいい青年だ。これからも吉岡くんのことを、よろしく頼みます。わたしに似て、不器用で敵をつくりやすいタイプで」

吉岡が泣き笑いの顔になった。口だけ元気だ。

「こいつが今こうしてあるのも、おれのおかげなんですよ、先輩。何度も少年院送りの危機から救ってやったんだから」

それは確かにそのとおり。

「でも、ここ何年かは、圧倒的におれがいい情報やってるよな。何度かおれのおかげで、手柄を立ててるだろ」

読めない表情で、おれたちの即興漫才を眺めている。

「きみたちの仲がいいのはよくわかった。年の離れた友人というのも、いいものだ。いつかふたりで、福島に遊びにきてください。なにもできないが、歓待します。では、さようなら」

軽く頭をさげて、改札口に向かってしまった。おれと吉岡は茫然と、ちいさな背中を見送った。おれはいった。

「あの人が山根先輩か」

「ああ、なかなかすごい人だろう」

まったくの同感。吉岡にいう。

「おれも、あんたも、ぜんぜん修行が足りない感じだな」

そいつはマコトだけだろうが。毒づく吉岡をその場に残し、おれもさっさと家路についた。さて、池袋のキングにはこの状況をどう報告するべきか。金はないし、Gボーイズにも、あまりメリットはない。

だが、タカシは意外なほどの人情派だ。高校のときの借りを忘れてはいないだろう。

やつもおれといっしょに当時五百円もしなかったラーメンを、吉岡におごられたことがあったのだ。

フルコースでも、ラーメンでも変わらない。くいものの借りは、高くつくという話。

タカシとはその日の夕方、ウエストゲートパークで会った。

グローバルリングのした、ベンチに座る。ボディガードふたりは、おれたちからすこし離れてソメイヨシノにもたれている。

「タカシはコート何枚もってんだ?」

タカシは不思議そうな顔で、おれを見る。

「さあ、数えたことがないから、わからない。二十着くらいかな」

粉雪のような冷たく軽い声。驚いた。身体はひとつなのに、コートだけで二十。その日のタカシは今年流行の身頃がたっぷりとしたワイドなチェスターフィールドコートを着ていた。茶と紫のおおきなチェックという難易度の高い柄。タートルネックは明るい紫。賭けてもいいが、カシミア百パーセントだろう。

「おまえとおれって、高校のとき同じ制服着てたよな?」

ちらりとおれを冷たい横眼で見た。

「ああ、あれからおれはファッションがなにか学び、マコトは学び損ねた。そういうことだろう」

自分に似あうファッションを学ぶには、うんと失敗しなければならない。おれには金がなくて、タカシは池袋のキングとなり、好きな服を好きなだけ買えるようになった。別にうらやましくはないけどな。おれは十年もののダッフルコート一枚で十分。

「高校の近くにあった、笑福（しょうふく）って街中華覚えてるか」

キングは怪訝な顔をする。

「用があるんだと思ってきたが、昔話がしたいだけなのか。それなら忙しいから、おれは帰る」

下々の者と交歓する時間もつくれない気の毒な王様。目白の駅前に立ち一時間半平気な顔で待っていた山根先輩の爪の垢（あか）でもくわせたい。おれはキングを無視していった。

「あそこの醬油ラーメン、確か四百三十円だったよな。普通のなんてことのない東京ラーメンだけど、なんか妙にうまかった」

澄んだ出汁（だし）はトリとブタ。薄い叉焼（チャーシュー）一枚に、ナルトとホウレンソウ。麵は細いちぢれ麵。王は製氷機から出したばかりのアイスキューブのように冷たい。

「覚えてない。そんなラーメンだったかな」

「吉岡に何度かおごってもらっただろ。ふたりいっしょにさ」

ほかの高校ともめて、吉岡がうちの工業高校まできたことがあった。おれとタカシはずいぶんと絞られたのだ。すこしだけキングの氷の角が溶けだした。

「そんなこともあったな」

おれは機会を逃さない。じっとタカシの目を見ていった。

「なあ、あのときの四百三十円の借り、吉岡に返さないか」

そこから、クマールと賽銭泥棒の話をした。依頼元の元刑事と吉岡の関係。このままでは真犯人は野放しのままであること。途中から、タカシの氷の横顔に微笑が浮かぶようになった。いい反応。

「そうか、被害額は二千円もいかないのか。Gボーイズにきた案件のなかでも、ダントツで最低額だな。おもしろい」

きっと組織を運営する雑事ばかりで、タカシもうんざりしていたのだろう。

「そのクマールという男は、マコトの目から見て信用できそうなんだな」

「ああ、たぶん」

タカシがくすりと笑った。ウエストゲートパークにダイヤモンドダストでも舞いそう。

「吉岡にラーメンの借りを返すか……そんなことをおれにいうのは、マコトだけになったな」

「やってくれるのか。今回、金はないぞ」

「ああ、かまわない」

西日がさして、正面の東武デパートがオレンジ色の壁になった。駅には帰宅の客が流れこんでいく。街には例年どおりクリスマスソングがあふれていた。ありふれた東京の美しい光景だ。

「とりあえず一週間、張りこみしてくれれば、吉岡にも顔が立つよ。ありがとな、タカシ」

キングはゆっくりと首を横に振る。

「いいや、ダメだ。年末までの二週間、三課と同じ四人態勢で張る。やるからには、必ず犯人をあげる。そうでなきゃ、ラーメンの借りは返せないだろ。おれたちはあの頃、いつだって腹を空(す)かせていたんだ」

翌日、おれは雑司が谷に足を延ばした。

といっても池袋西口から、びっくりガードをくぐり明治通りに出て、徒歩で二十分とかからない近さ。鬼子母神や雑司ヶ谷霊園は、おれの子どもの頃からの遊び場だ。雑司が谷は江戸の寺社町で、たくさんの寺院と神社がある。繁華街でスマホショップに出くわすくらいの頻度。欽竜寺は鬼子母神の脇の小道を入って、突きあたりにあるちいさな寺だった。

個人宅と間違えそうな門をくぐり、敷石沿いにすすむと時代がかったすすけた本堂が見えてくる。住まい兼用の寺務所では、お守りとおみくじが売られていた。窓口は無人だ。左手には手水舎（ちょうずや）、ちょろちょろと青銅の龍の口から水がこぼれている。よく掃除をしているのだろう。敷石には枯葉一枚落ちていなかった。

おれは本堂にまっすぐすすんだ。三段の階段をあがり、問題の賽銭箱が見えてくる。古い造りの建物のなかで、白木の真新しい賽銭箱はひときわ目を引いた。四隅には脚がついている。裏側をそれとなく確かめると南京錠（なんきんじょう）のついたちいさな扉があった。

上から棒でも入れたり、裏側の錠を破ったりするならわかるのだが、どうしてクマールはこの賽銭箱の底を覗きこんでいたのだろうか。そこに賽銭のとりだし口があると勘違いしたのか。

あまり長く賽銭箱を観察するのも変だと思い、おれは財布から五十円玉を抜いた。放りこむと金属同士が当たるいい音がする。誰か先客が賽銭をあげていたのだろう。

（この件がすっきりと解決しますように。今年もありがとうございました。来年もよろしく）

おれの願いは単純だ。根が単純な人間だからな。

都心の猫の額のような境内で、四人のGボーイズをどう配置するべきか。ひとつラッキーなのは、さっきとおってきた参道以外にほかの出入口はないことだった。おれがあれこれと今回の作戦を考えていると、いきなり声をかけられた。

「あら、マコトくん。どうしたの、このお寺、わたしんちなのよ」

「さっきお店に顔出したばかりよ。お母さんと話をしてきた。小三治（こさんじ）さんが亡くなって、ほんとに残念ねえって。語学留学の枕なんて、最高だったのにねえ」

うちの常連客だった。松木（まつき）さんは近くに住んでいるとはきいていたが、まさかこの欽竜寺だったとは。都会で残っている寺社のたいていはプチブルジョワだ。土地をもってるというのは強いよな。お寺や神社はめったなことでは土地は売らないからな。

松木のおばさんも自転車ではなく、小型のアウディで買いものにきていた。東武デパートの地下駐車場に車を入れて、西一番街の古くからある食料品店を回って帰るのだ。

おれは思い切ってきいてみた。

「何日か前になるけど、ここで賽銭泥棒が逮捕されたってきいたんですけど」

「ああ、あったわねえ。刑事さんって、毎晩徹夜で見張ってて、ほんとにすごいなって思った。わたしじゃ、もう徹夜なんて絶対できないから」

「おばさんは逮捕のとき見てたんですか」

ぶんぶんと手を振る。

「とんでもない。朝起きて、おまわりさんにきいただけよ。犯人を逮捕しましたって」

のんびりしている。空き巣でも、強盗でもないのだから、当然か。

「捕まった容疑者のこと、なにかきいてますか」

「いいえ、ぜんぜん。外国人らしいけど、どうなったのかしら。池袋もぶっそうになったわねえ」

「その容疑者、アクシャイ・クマールというんですが、うちの近所のコンビニで働いていたんです。おれとも仲がよくて、賽銭泥棒なんてしそうもない真面目なやつなんです」

上品な顔に驚きの表情。おれはダウンコートについているワッペンを見た。一着二十万はするモンクレール。

「あらっ、そうなの。だけど警察の人が現行犯で逮捕したんでしょう。なら、犯人じゃないのかしら」

「実は外国人の権利を守るボランティアがあって、おれのところに依頼があったんです」

口から出まかせは、おれの得意技。退職した刑事のヤマ勘で、再調査を依頼されたというより、ずっと耳ざわりがいいもんな。

「おふくろからきいてると思うんですけど、おれはこの街専用のなんでも屋というか、トラブル解決屋をしていまして」

「はいはい、武勇伝はきいてますよ。連れだし小路とか、風俗街の浄化作戦を止めたとか。お店番なのに、すごいのねえと思ってた」

おれはわざと周囲に注意を払う振りをした。声をちいさくする。

「それでですね、関係者にきいたんですが、警察内部にも無実の外国人を長期間留置するのは国際問題になりかねないという慎重派もいるんです」

「あら、まあ」

「ボランティアの筋と警察関係の筋、両方から依頼がありまして、おれと池袋の有志がこの事件の再調査をすることになったんです」

白いダウンコートに包まれて、暖かそうな松木さんの声が高くなった。

「なんだか、たのしそうね。警察のときはやっぱりプロの人だから、邪魔したらいけないと思って、なにもできなかったけど」

松木のおばさんが徹夜で張り番するところを想像した。

「いや、ご迷惑はかけません。警察がしたように、夜のあいだだけ、張りこみをさせてもらえれば、それでいいんです。とりあえず年末までの二週間、ご住職のほうから許可をいただけないでしょうか」

いじわるそうに松木のおばさんが、にやりと笑った。子どもをくうときの鬼子母神もこんな感じか。

「あら、うちの人は婿養子だから別にいいのよ。わたしがいいといえば、問題なし。それでいつから張りこみ始めるの。そういえば昔松本清張の小説を映画化した『張込み』という名作があってね、監督は野村芳太郎で脚本が橋本忍。あれは素晴らしかったわ」

「今度観てみます。東宝ですか、東映ですか」

刑事ものの大作なら、どちらかだろう。

「野村芳太郎の若い頃のだから、松竹よ」

「へえ、松竹にもそういう男性映画があるんですね」

おれの古い日本映画好きは、おふくろ譲り。世辞ではなく、ほんとに今度観てみよう。

「張りこみはよろしければ、明日からでもお願いしたいと思っています」

そこで、おれはさらに一段と声を絞った。

「警察の内部情報によると、賽銭泥棒は罪悪感がすくなく、常習のリピーターになりがちだそうです。ふざけてますよね」

　真剣に耳を傾けていた松木さんがいった。

「まったくねえ。そんな悪いやつ、マコトくんが捕まえて、とっちめてやりなさい。わたしも陰ながら、応援します」

　ということで、張りこみのあいだ、毎晩十一時半になると、温かいみそ汁とおにぎりが張り番の四人には配られることになった。これには強面のGボーイズも大喜び。毎日具が変わるのだが、おれがたべたのは一種類のみ。塩とゴマ油でにぎったおにぎりに、具は豚キムチ炒めって、最高だよ。海苔（のり）は韓国製で決まり。

　その日の夜、タカシに電話で報告した。
　欽竜寺の件は問題なし。明日から張りこみを始めよう。おれも参加するつもりだ。すると、やつが愉快そうにいった。
「おまえが張り番をするときは、教えてくれ。おれもいっしょにいく。今は暇だからな」
　びっくりした。タカシが暇なときなど、あるはずがない。池袋では日々新たなトラブルが発生している。

「いいけど、ほんとにだいじょうぶなのか」

氷の王様の声も柔らかだ。おれの勘違いかもしれないけどね。

「ああ、かまわない。また高校のときの話でもしよう。おれたちはときどきガキに戻る時間が、必要なんだ」

「了解。タカシ、ちょっと変わったな」

おれと昔話がしたいなんて、もしかしたらGボーイズも民主制に移行するのかもしれない。

「いいや、おれは変わらない。変化に気づく者が、最初に変化しているんだ。人も社会も時代もな」

ということは、おれが変わったってことになる。キングは衒学的な哲学問答がお好きなようだ。タカシはすこしはずかしそうにいう。

「寝るぞ。おまえが張るときは、Gボーイズに知らせておけ。じゃあな」

通話はいきなり切れた。おれの頭のなかには、変化する者の箴言だけ残った。いつかタカシの名言録を書き残してもいいかもしれない。後世の頭のいい誰かが、きっとていねいに解読してくれるだろう。

その夜、おれはバッハのカンタータをきいて、眠りに就いた。十二月になると、なぜかバッハをききたくなる癖がおれにはある。宗教は信じちゃいないが、あの敬虔な空気が年の瀬にあうのかもしれない。神様がいるかどうかは、おれにはわからない。だが、この世界には人間なんかよりも偉大で、計り知れない存在というか法則があるのは間違いない。おれが選んだ教会カンタータは第五十四番。全百九十曲入りのCD全集が手元にある。聴き放題。

第五十四番の題名は「罪に抗え」。おれは池袋署の留置場で今も勾留されているクマールのことを考えていた。罪に抗うというのは、やってもいない罪に抗うことでもある。嘘の告白も立派な罪なのだ。おれとタカシとGボーイズがなんらかの成果をあげるまで、クマールの心が折れないといい。

そう願いながら無限リピートするカンタータのなか、おれは眠りに落ちた。

タカシは約束した以上のことを、きちんとやってくれた。さすが池袋の絶対王政のキングだけのことはある。チームは四人。設置したＧｏＰｒｏも四台。張りこみはワンボックスカーですることになった。

賽銭箱の周辺に角度を変えて二台、参道に一台、境内の全景に引きの一台。スモークフィルムを貼った黒いワンボックスカーのなかにはモニタが四台。待機場所は寺務所の裏にある松木家の駐車場を借りられることになった。

初日と二日目は不発。真夜中にサバトラの猫がとおり過ぎただけ。

おれとタカシが張りこみに参加したのは、三日目のこと。

なぜか運と引きが強いやつっているよな。なんにしても、ラッキーなやつには敵わない。

おれとタカシのどっちに、強運があるのかわからないが、その日の真夜中やつはあらわれた。黒いパーカーの男。

ワンボックスカーのなかは暖かで、おれは着いてすぐに分厚いダウンジャケットを脱いでセーター一枚になっていた。松木のおばさんの特上おにぎりで腹いっぱいで、だんだんと眠くなってくる深夜一時半過ぎ。
だらだらとたるんでいたのは、おれひとり。タカシは胸に銀のロゴが入った黒のトラックスーツ。昔はただジャージっていってたよな。残る二名のGボーイズは王の臨席にやる気を出し過ぎてぴりぴりしていた。
モニタを監視していたGボーイがちいさく叫んだ。

「参道を誰かきます」

二十一インチのモニタが四台、指揮車のなかには設置してある。腕利きトレーダーのデスクみたい。男は二十代から三十代くらい。背格好はクマールと似ていた。というより、松木さんに借りたモノクロの監視映像のなかの男によく似ていた。おれはタカシを見た。

「なるほど、黒いパーカーだな」

キングは冷静なもの。おれはいった。

「民間人が逮捕するんだから、現行犯じゃなくちゃダメだ。やつがほんとに賽銭を盗むまで、じっくりと待ってくれ。どっちにしても、この境内からの逃げ道は一本しかない」

「わかった。待とう」

キングのひと言でおれたちはじりじりと焼けつくような待機の時間に入った。

黒いパーカーはフードをかぶったまま、うつむき加減に境内に侵入してきた。意外なほど照明が多く、寺院のなかは明るい。やつは手水舎など見向きもせずに、まっすぐ本堂に歩いた。周囲を警戒して二、三度見まわした。

誰もいないことを確信したのか、手を懐にいれる。とりだしたのは金属の棒のようだった。通販なんかでよく売っているマジックハンドだ。そいつをするすると伸ばし、もう一度周囲を確認してから、マジックハンドの先を賽銭箱に突っこんだ。

キングがどんなものでも凍りつかせる声でいう。

「マコト、証拠としてはこれで十分か」

うなずいて、おれはいった。

「ああ、いける」

「よし、Gボーイズ出るぞ」

おれたちがワンボックスから飛びだそうとしたとき、境内で動きがあった。なぜだか、わからない。松木のおばさんがパジャマにモンクレールのダウンコートを羽織って、GoProの映像の隅に映りこんでいる。

「ちょっと、みんな、どうかしたの」

おれの尻に火がついた。まずい。賽銭泥棒と最初に出くわしたのが、Gボーイズの突撃隊ではなく、この寺の住職の奥さんというのは完全に想定外だ。タカシと目があった。あせっていないはずがないのだが、タカシの二度目の命令は言葉も氷点下の冷たさも、まったく同じ。

「Gボーイズ、出るぞ」

そういうと真っ先にワンボックスカーからつむじ風のように飛びだしていった。

駐車場を駆けて、寺務所を横目に、タカシの背中を追った。やつの靴の踵には羽が生えているようだ。滑るように距離を詰めていく。十二月の真夜中の空気は冷えこんで、鼻と気道が痛いくらいだった。

おれたちに気づいた黒いパーカーが叫んだ。

「なんだ、おまえら」

マジックハンドを投げ捨てた。両面テープでぐるぐる巻きの先端にはくしゃくしゃの千円札。そういえば、なぜか賽銭には新札はいけないというよな。黒パーカーはタカシが到着するより早く、松木のおばさんのほうに動いた。手を伸ばし、ダウンコートの肩をつかむ。ポケットから抜いたのは先がとがった得物。アイスピックのようだ。

松木さんの喉元に突きつける。悲鳴があがり、タカシは急停止した。おれたちは四人で、松木さんを人質にとる黒パーカーを囲んだ。しんと静まり返った冬の境内に、荒い息の音だけが響いている。

タカシがおれのほうを見て、ちいさくうなずいた。

チャンスをつくれ。やつの気をそらせ。あとはおれが、なんとかする。

さすがにこれだけつきあいが長いと、言葉にしなくてもわかることがある。

おれの勘違いかもしれないけどね。

おれは声を低くし、相手をなだめる調子でいった。

「この寺にきたの、二度目だよな。前回は千六百三十二円だったっけ」

黒パーカーは震えていた。怖いのだ。捕まることと四人の警官には見えないヤバそうな若い男に囲まれていることが。

「なんなんだ、おまえら」

おれは両手をあげて、なにももっていないことを示した。

「まあまあ、落ち着いてくれ。千円かそこらを盗むのと、逃げようとして人質を傷つけるのとじゃあ、ぜんぜん罪の重さが違うんだぞ。ほら、おれたちは警察じゃないし、おばさんにはさっきすごくうまいおにぎりを差し入れしてもらった」

おれは両手をあげたまま境内の石畳にひざをついた。

「見てくれ。おれたちはおばさんが無事なら、あんたのことなんて、どうでもいい。おい、みんな、両手をあげて、地面にひざをついてくれ」

Gボーイズのふたりが、タカシのほうを見た。キングはうなずく。黒パーカーに一番近いのは、タカシだ。距離は四メートルほど。

「さあ、おれたちはあんたを追わない。おばさんを解放してくれ」

黒パーカーは叫んだ。

「そうはいくか。この寺を出るまでは、こいつもいっしょにきてもらう。さあ、いくぞ」

松木さんが叫んだ。

「マコトくん、お願い、助けて」

おれが考えていたのは、とにかく賽銭泥棒を動かすことだった。人質を抱えたまま動けば、必ずすきができる。おれには無理でも、タカシならほんの髪の毛一本のすきでも、きっとなんとかしてくれる。池袋のキングはおれの知る限り最高のスピードと反射神経をもっている。

「だいじょうぶ、大人しくその男のいうことをきいてください。暴れたりしないほうがいいです」

黒パーカーがあざけるようにいった。

「おまえ、わかってんな。そうだ、おれだってこいつでぶすりと人を刺すなんて、やりたくない。ゆっくりいくぞ。おまえらはそのまま動くな」

両手をあげ、ひざをついたおれたち四人のあいだを、すり抜けようというのだろう。黒パーカーの最大のミスは、松木のおばさんの首筋に当てていたアイスピックをはなし、左手で手首をつかんで人質を引っ張っていこうとしたことだった。おれたちと十分な距離をとるまでは、いつでも刺せるように首筋から得物をはなさないほうが、やつにとってはよかった。しかもやつはタカシを知らない。自分から松木さんの手を乱暴に引きながら、タカシに近づいていく。

月の明かりが落ちる冷たい境内だった。見事な松の木が一本。真夜中でも龍の口から水が落ちる音がする。おれはそのとき、これから起きることがスローモーションのように確実に予想できた。

タカシが両ひざを石畳につけた状態から立ちあがるのに、〇・一秒とはかからなかった。反動をつけるため腕を振りながら、その場で垂直にジャンプして、空中で両手をボクサーのようにかまえた。

着地した最初の右足はすでに一歩まえに出ている。そのまま氷のうえを滑るように体重移動して、右手を伸ばした。力はまったく入っていないように見える。数々の敵を沈めてきたタカシの右のジャブストレートだった。黒パーカーの男の顎の先をかすめるように打ち抜くと、同じ速さで拳は引きもどされた。

黒パーカーはそのまま正座するように石畳に落ちた。まだアイスピックもおばさんの手首も握ったままで。きゃあと短く悲鳴をあげて松木さんはその場にしゃがみこんだ。アイスピックの先が花崗岩（かこうがん）に当たり、耳に鋭い音が鳴った。

黒パーカーの意識はない。座りこんだ太ももが震えていた。動かない身体のなかで、心だけが必死で逃げているのかもしれない。

遅れてきたGボーイがアイスピックを奪い、両手をうしろに回し、結束バンドで親指を縛った。

「これでいいか、マコト」

おれはうなずいた。いつもながら、見事な腕前。一撃で意識を刈りとるタカシの右は恐ろしいくらいの切れ味。

「ああ、十分だ。警察を呼ぼう」

おれはまだしゃがみこんでいる松木のおばさんにいった。

「人質になった被害者として、これから警察にいって二時間ばかり事情聴取を受けたいですか」

松木さんは震えあがった。

「いやあ、もういい。今夜は十分。もの音がしたから、マコトくんだと思って、つい声をかけただけだったの。お布団に入って、寝たいわ」

　おれはGボーイズのひとりにいった。

「さっきの映像、すぐに編集できるか。こいつが賽銭箱にマジックハンドを突っこんでるところだけでいいんだ」

「だいじょうぶっす。その映像をおれのスマートフォンに送っとけばいいんですよね」

　名前を知らない突撃隊のひとりだが、頭は切れるようだ。

「おまえ、鋭いな。こいつを逮捕したのは、そっちのふたり。偶然、この寺で黒パーカーを見かけて、賽銭泥棒をするところをスマホで撮影した。それで現行犯で捕まえた。警察ではそういえばいい」

　タカシが感心したようにいった。

「なるほどな。そいつは悪くない筋書きだ」

　おれはGボーイズにいう。

「ここにはおれも、タカシも、松木のおばさんもいない。アイスピックもなかった。ふたりで捕まえた。もみあうときについ軽く、こいつの顔を殴ってしまった」

　賢いGボーイが質問してくる。

「でも、この男が全部話したら、どうしますか」

「そいつもすぐに気がつくはずだ。ただの賽銭泥棒とアイスピックで人質を刺そうとした。どちらの罪が重いのか。必死で考えて、黙っているほうが得だと判断するはずだ。こっちの証人はふたりだから、口裏だけあわせとけば問題ないだろ」

キングがおれの顔を見て、しみじみという。息が白く境内に伸びた。

「つくづく悪知恵の働くやつだな。マコトにはあきれる。さあ、撤収だ」

そこで、おれとタカシは欽竜寺を離れた。おれは歩いて、タカシはタクシーで、それぞれの寝床に帰る。それが張りこみ三日目に起きたことだった。

おれは思うのだが、もし張りこみが一週間の予定なら、あの夜黒パーカーはあらわれなかったのではないだろうか。タカシのいうとおり、二週間なにがあっても張りこみを続ける。その堅い決意があったから、三日で解決したのだ。

不思議な話だが、物事が動くタイミングって、そんなもんだよな。

黒パーカーの名前は、鶴岡善了（つるおかぜんりょう）（36歳）。

坊さんみたいな名前だなと思ったら、驚いたことに鶴岡は東北にある寺の生まれだという。子どもの頃から手癖が悪く、賽銭泥棒はお手のもの。盗みをしながらあちこちを転々として、逮捕歴も複数回におよぶという。救われない話。

やつが前回の欽竜寺の賽銭泥棒も白状したので、クマールは無事に無罪放免になった。鶴岡はそこまで間抜けじゃなく、吉岡によるとタカシや松木のおばさんについてはひと言も漏らさなかったようだ。

おれが受けとったのは、吉岡の「マコト、ありがとな」という感謝の言葉だけ。ほんと金がすべての世のなかで、一円も儲からない話って清々しくていいよな。

クマールとアヤコとは、翌週ウエストゲートパークで話をした。留置場での厳しい生活も、クマールには暗い影を落とさなかった。おれたちはベンチに座り、コンビニのカフェオレを片手に、のんびりと足を伸ばしていた。太ももにさす日ざしが暖かくて最高だ。
アヤコがいった。
「クマくん、たいへんだったね。ぜんぜん知らない国で、ひとりぼっちで。しかも警察署のなかだもんね。心細かったでしょう」
クマールは白い歯を覗かせて笑った。

「孤独は慣れていますから。だいじょうぶ。日本は知らない国ではないですし、わたしはバングラデシュでも孤独でした」

「へえ、なんで」とおれ。

「バングラデシュは九〇パーセントはイスラム教徒、残りの九パーセントがヒンズー教徒です。わたしは残り一パーセント以下の仏教徒です」

「なるほどな」

世界にはいろいろな文化的状況がある。

「だけど、どうしてもひとつわからないことがあるんだ。どうしてクマさんはあんな朝早く欽竜寺なんかにいたんだ？」

クマールは真剣に困った顔をした。声はうんとちいさくなる。

「知性的なおふたかたなら、話してもいいでしょう。ですが、このことは誰にも秘密にしてください。わたしには技能実習生の弟がいます。名はゴパル。ゴパルは実習が終わったあとも日本に残って働いています」

オーバーステイだ。見つかれば強制送還される。

「わたしたち兄弟ふたりで、バングラデシュにいる母に送金しています。あの日はお寺の境内で、会う約束になっていました。でも、ゴパルはいなかった。賽銭箱の底に手紙を貼って、わたしたちはポスト代わりにしていた。なにかの事情でこられないとしても、お金を入れた封筒が貼ってないか調べていたんです。わたしは仏様を信じています。仏様のポケットに手を突っこんだりなんか、決してしません」

なるほどクマールには人にいえない事情があったのだ。

「そこに警察がきた」

「はい、ゴパルはわたしが逮捕されるところを目撃したといいました。ただ遅刻していただけのようです。怖くなって、すぐに逃げたと」

アヤコもおれも長いため息。そんな裏があったのか。アヤコがいう。

「そうかあ、弟さんオーバーステイなのかあ」

クマールは仏教徒らしく両手をあわせた。

「絶対に秘密にしてください。ゴパルは真面目に働いています」

「心配ないよ。マコトくんもわたしも、クマくんの味方だから」

おれたちは笑って、ウエストゲートパークで別れた。実にいい気分。

年末、おれのところに福島から段ボール箱が届いた。山根先輩のていねいなお礼の手紙つき。なかにはクリとシイタケ、泥つきのジャガイモなんかがたくさん。クマールと

アヤコにおすそ分けすると、アヤコがコロッケの種をつくってきてくれた。

おれたちはオーナーがいないとき、店のフライヤーを使い、コロッケを揚げてたべた。最初にコンビニのコロッケがうまいといったよな。でも、山根さんの畑のジャガイモで、アヤコがつくったお手製コロッケは次元が違うおいしさだ。

おれたち三人は冬の日ざしを浴びながら、コンビニの店先に並んで、形はすこし悪いが抜群にうまい揚げたてのコロッケをたべた。おれがいくつかもらい、クリスマスプレゼント代わりにキングに届けてやった。今回Gボーイズへの謝礼はゼロ。ラーメンをおごられた恩返しへの対価は手づくりコロッケという訳。

なあ、池袋の街の食と経済ってすごく健全だよな。

魂マッチング

春になると、すべてが動きだす。

冬眠していた虫や獣、植物や木々の芽や若葉だけでなく、カビや細菌やウイルスだって、動きが活発になるのだ。まあ、三年も続くコロナの流行は放っておき、肝心の春の力の話をしよう。生きるため生物には欠かせない力だ。

日本の未婚率が新規感染者数並みに急上昇をしていることは、誰でも知っている。そう遠くない将来、総人口の三分の一が独身のまま一生を終えるようになると、冷酷な統計は告げているのだ。おれの周りでも、おれ自身を始め、彼女彼氏のいないシングルがどっさり。

だが、そういう生涯独身者のほとんどが、別に死ぬまでひとりでいいなんて、ぜんぜん思ってはいない。とくにまた再び春がめぐってくるとね。切実に誰か「運命の人」はいないかなと探しだす。口では結婚はコスパが悪い、人生最大の無駄な買いものだとつよがりをいいながらね。

今回はおれが久々に独身者の苦悩を痛感した話。なにせ出会いやロマンスからもっとも遠いと誰からも想定されていたゼロワンが、おれに恋愛相談をしてきたのだ。その顚末は続きを読んでもらうとして、いい子の読者にはひと言、先に忠告しておこう。

あまり得体の知れないマッチングサイトには近づかないほうがいいよ。その手の場所にいるのは、すべてのサイトに登録している箸にも棒にもかからないマッチング放浪者か、出会いを金に換えようとする悪質なヤカラばかり。良質な出会いなんて、砂漠で金の粒を見つけるほど困難なのだ。

おれは思うんだけど、恋愛ではやはりあまりに多くの候補者がいるのは、うまくいかないよな。スクロールすれば無限に湧きでてくる妙齢の相手。目移りはとまらないし、いつでも見つけられると気がゆるんで、ずっとリアルなつきあいから遠ざかってしまう。

おれのおすすめはシンプルだ。手近なところにいる、イケメンでもなくすごい美人でもない、だけど妙にうまがあう相手。同じギャグで笑えて、あんたのことをていねいに敬意をもって扱ってくれる、そんな異性に勇気を振り絞って告白する。恋愛では昔ながらのそんな方法が一番だと、おれは単純に信じている。

そんなことをいうと、自分の周りにはその程度の「まあまあ」の人さえ皆無だと怒られるかもしれない。でも、おれたち砂漠の民も、いつかひとりでなくなる日がくると、無条件に信じたいじゃないか。誰かが無条件に自分を愛してくれる。ゼロワンのようなほぼ無感情のＡＩ人間でさえ、そう願うのだ。

あきらめずに、希望をかかげ、もうすこし砂漠の夜の旅を続けよう。なっ、ご同輩。

三月になり、コロナはまだ猛威をふるっていても、池袋の街はあい変わらずだった。週末になれば、東京中から人が集まり、サンシャインシティや東武西武のデパートやパルコに人が押し寄せる。流行の中心がデルタからオミクロンに替わって以降、東京の一日の感染者が二万人近くなっても、もう昔のように街の人出がとまることはなかった。うちみたいに駅の近くで店をやっていると、そのありがたさが身に沁(し)みるのだ。去年なんかは一日店を開けているのに客は数人。店先の果物が乾いていくのをじっと眺めている日々が週単位で続いていたのだ。
日本海側は連日大雪だというが、おかげで東京はからからの冬晴ればかり。暦(こよみ)のうえでは春といっても、三月の初めはまだ真冬のような寒さ。その日もいつものルーティンだった。白い息を吐きながら、シャッターを開け、新しい果物を並べ、以前からある商

品にはたきをかける。最後に店先を掃(は)いて、おしまい。

もう何年もやっているので、飛行機のオートパイロットのように、なにも考えずに身体が動く。おれのスマートフォンが鳴ったのは、掃除の最中。着信表示はゼロワン。

ガス漏れのような勢いのいいかすれ声。

「マコトか、おれだ」

おれが依頼をすることはあっても、ゼロワンから電話がくることはめったになかった。ちなみにゼロワンはGボーイズ御用達(ごようたし)の、北東京では一番の凄腕(すごうで)といわれるハッカーだ。変わり者という点でも、北東京イチかもしれない。おれはチタンのインプラントで鬼の角(つの)のように頭をとがらせた形のいいスキンヘッドを思いだしながら返事をした。

「最近、どうしてる？　なにかトラブルか」

しゅーしゅーとガスが漏れる音。おれは淡々と富有柿(ふゆうがき)を積みあげていく。柿のオレンジってきれいだよな。ゼロワンがなにもいわないので、おれが間(ま)を埋めた。

「なんだよ、なにか用があるんだろ。おれとおまえの仲じゃないか、話せよ」

おれは池袋のキングとは違って、言葉に詰まっている相手の通話をガチャ切りするような失礼はしない。庶民の気もちがわかるからな。ハッカーがようやくいった。

「……マコト、おまえ、今日の午後、時間あるか」

悪くない誘い。おれは年明けからずっと退屈続き。

「だいじょうぶだ。いつものデニーズでいいんだろ」

「ああ、おれからの正式な依頼だ。ちゃんとギャラは払う。二時にきてくれ」

通話は切れた。きっとゼロワンやキング・タカシは三分以上電話で話すと、呼吸困難になるウイルスに感染しているのだろう。新型テレコミュニケーション不全ウイルスだ。

約束の時間に、雲の欠片(かけら)も見えない空の下、東池袋のデニーズにいった。手に提げたレジ袋には、うちの店で一番高い和歌山ミカン。ファミレスではナイフを使って果物をむくなんてできないからね。ゼロワンはこの店の窓際のテーブルをオフィス代わりに、ハッカー業を営んでいる。切れ目なく注文するコーヒーやデザートが家賃の代わりなのだ。おれは半分ほど埋まったテーブル席を縫って、ゼロワンのボックス席に向かった。正面に滑りこむ。テーブルにはミカンをおいてやる。
「はい、お土産。ゼロワンからの仕事なんてめずらしいな」
ガラス球のような目をしたスキンヘッドは、いつもと様子が違っていた。なんというか、おれと会って早々後悔している感じ。
「さっきの電話といい、なんかおまえおかしいな」

無表情な顔でなにかが動いた。凍った水溜まりの下で空気の泡が滑るように。しみじみとしたガス漏れ声で、やつはいう。

「……マコトにこんなことを頼むなんて、おれはバカだ」

池袋の街だけでなく、この世界の出来事すべてに超然としているハッカーの台詞とは思えなかった。

「そんなに深刻なトラブルなのか。おれ荒事（あらごと）はしないぞ」

ゼロワンがどうにもならない因縁に首まで浸（つ）かっている事態を想像してしまった。やつは弱音を吐くような男じゃない。

「……しかたない……こいつを見てくれ」

ファミレスのテーブルに二台並んだノートパソコンのひとつを、おれのほうに向ける。ディスプレイには無数の男女の顔写真が格子状に積まれていた。中央にはＳＩＮＲＡのロゴマーク。

「なんなんだ、これ」

ゼロワンはいいにくそうに口にする。圧力の低いガス漏れ。

「シンラは最近勢いがあるマッチングサイトだ。森羅万象すべての趣味をカバーして、男女の出会いを実現する。このロゴは、マコトも見たことあるだろ」

森の漢字を三本の木で図案化したロゴだった。グリーンマークみたい。

「いいや、見たことないな。おれ、マッチングサイトにはうといんだ」

あまり自慢げにきこえないといいなと思いながら、そういった。

「おれだって仕事でチェックしてただけで、自分で登録したのは初めてだ」

耳を疑った。ゼロワンがマッチングサイトをつかうのか。

「その頭の写真をアップして、自己紹介とかしたんだ。東京で三本の指に入るハッカーで、表の仕事も裏の仕事もギャラ次第で受けてますって」

鬼の角をはやしたスキンヘッドと耳には金属アレルギーになりそうなくらいピアスがどっさり。恥ずかしそうにやつはいう。

「ああ。三月になった頃かな。ずっとこのままひとり、あいつを眺めながら年をとっていくのかなと思ったら、自然に手が動いていた」

ゼロワンは窓の外のサンシャインシティを指さした。通りの向かいの超高層ビルは高過ぎて、天辺（てっぺん）が見えない。ガラスの巨大な塔だ。くる日もくる日も、このファミレスのボックス席に座り、あちこちからやってくるハッカー仕事をこなしていく。ゼロワンには家族も友人もいないようだ。

「ふーん、で、どうだったんだ?」

「おれのプロフィールと顔写真が少々特殊だったみたいで、しばらくはひとりも連絡がなかった」

「写真も自己紹介もほんとのものを使ったのか」

ガス漏れ声で当然のようにいう。

「ああ、嘘をつく理由はないだろ。おれの仕事は真っ当だ」

変わったやつほど、自分は普通だと信じてるというのは、ほんとうだよな。おれは自分の自己認識が怪しくなってきた。おれはほんとに「普通」なのだろうか。

「それでアズサに出会った」

ゼロワンは手を伸ばして、マッチングサイトのトップページから専用のメッセージボックスに飛んだ。

「この子だ。名前は三城梓。年齢ははっきりとわからないけど、二十代前半のチェックボックスにマークがついてる」

ディスプレイの上部三分の一ほどに、若い女の笑顔が広がっていた。牛乳みたいに白い肌に、けっこうな数のそばかす。髪は明るい茶色のショートで、美人とはいえないが、なぜか目を離せないキュートさがあった。大人になってもこんなふうに無防備に笑えるのは、ひとつの才能なのかもしれない。

「いい笑顔だな。ゼロワンはもっと大人の女が好みなのかと思ってた」

「おれは女の好みなんてない。アズサだって、きれいなのか、魅力があるのか、よくわからない。ただおれに興味をもってくれたのが、こいつだけだった。それだけの話だ」

「ふーん、この写真を見ても、なにも感じないんだ？」

「今は加工技術が発達しているから、若い女の写真には半分の真実もない。だが、アズサは会った感じでは、その写真と変わらなかった。あまり加工はしていないみたいだ」

驚いた。ゼロワンはやはり普通の「女のいない男たち」とは違うのだ。

「もう会ったのか」

ガラス球のような目でおれを見つめて、ハッカーがいう。

「ああ、会って話をした。それで、マコトに頼みがあるんだ」

おれにキューピッド役の依頼だろうか。ゼロワンのいいところを熱弁するのだ。池袋の街のトラブルを数々受けてきたけれど、こんなにスイートなのは初めてかもしれない。

おれはにやりと笑っていった。

「ゼロワンにはずいぶん世話になってるから、腕によりをかけてほめてやるよ」

ハッカーはじっとおれの顔を見つめた。どこかのＩＴ企業のサイトのファイアウォールでも観察している感じ。

「マコトはなにをいってるんだ。おれがおまえに頼みたいのは、アズサの人物鑑定のようなものだ。おれは若い女のことを知らないから、アズサが普通かどうかわからない。おまえに、そこを見定めてもらいたいんだ」

人物鑑定？　どういう意味なんだろうか。

「おれはカウンセラーでも心理学者でもないよ」

「わかってる。だが、おまえがおれの知ってるやつのなかで、一番まともな常識がある。おれの交際範囲は限りなく狭いんでな」

ゼロワンはスマートウォッチで時間を確かめた。

「三時にサンシャインシティのカフェで、アズサと待ちあわせをしてる。おまえもいっしょにきてくれ」

「おれがおまえのデートにつきあうのか」

どこかの組織にサイバーテロでもしかけるときのように重々しくうなずいた。

「そうだ」

「それなら、もうすこしまともな格好（かっこう）をしてくればよかった」

ゼロワンはスマホの保護フィルムくらい薄く笑った。めずらしい感情表現だ。やつのファッションはいつものように、身体がなかで泳ぐくらいビッグサイズのジャージの上下。そのときはプーマの白だ。

「そのままでいい。マコトはどうせ隣のテーブルだ。さあ、いくぞ」

そこでおれは信じられないものを目撃した。ゼロワンがデニーズの指定席から動いたのだ。大通りの向こうにあるサンシャインシティまでの大移動である。

カフェの名はホワイトスワン。サンシャインシティの三階にあるシフォンケーキとパフェがおいしい店だ。当然、若い女に人気。まあ、おれたちがいったのは、平日の微妙な時間で、店内はがらがらだった。

愛想のいいウエイトレスがいった。

「お二人様ですか。お好きな席にどうぞ」

ゼロワンは声かけを無視して、奥のソファ席の一番端に向かった。おれはいう。

「あいつとは絶交中なんで、別な席にさせてもらうよ。悪いな」

テーブルでさっそくノートパソコンを開いたゼロワンの隣に座った。距離は約七十センチ。池袋ではコロナで席を減らしている店と通常営業の店がほぼ半々。客のほうも店内ではほとんどマスクをしていない。

　おれもスマートフォンをとりだして、メモを開いた。あとでゼロワンに報告するには、きちんと記録を残しておかなくちゃいけない。やつはちゃんと仕事の依頼だといっていた。おれはゼロワンと目をあわせず、そちらのほうを見ないようにしながら、待機に入った。

　三時を五分過ぎ、十分過ぎ、十五分を過ぎても、アズサはあらわれなかった。ゼロワンは平気な顔をしてただ待っている。時間にルーズな女なのだろうか。二十分してもこなければ、ゼロワンに話しかけようと決めたところで、カフェの自動ドアが開いた。小柄な女が息を切らしてまっすぐこちらにやってくる。白いダッフルコートは、ゼロワンとペアルックでも決めたみたい。
「ごめんね。パルコと間違えちゃった」
　ダッフルコートを脱ぐと、白いモヘアの襟ぐりががばりと開いたセーターとグレイのミニスカートだった。胸がでかい。太ももは丸く肉々しい。トランジスタグラマーというのは、今では死語か。アズサはゼロワンの正面に座った。
「ていうか、ほんとはサンシャインシティだってわかっていたんだけど、前回がパルコだったでしょう。あっちだったかなと思い始めたら、実際にいって確かめないと気が済まなくなっちゃって。わたしはこだわりが強いっていうか、一日に何百回も確認しないといられなくて」

おれはスマートフォンにメモをとった。強迫観念？　多数の確認行動。ゼロワンはやさしくいった。

「ああ、わかってる。この前、話をきいたからな。誰にでもすこしくらい個性がある」

「ふふ、ありがと。ゼロくんはやさしいね」

呼び名はゼロくんとメモした。アズサはゼロワンの異質さをなんとも思っていないようだった。夜道でやつとゆきあえば、九〇パーセント以上の女子は避けるだろう。普通の常識には捕らわれていないのかもしれない。無防備な笑顔。

「ゼロくんは、今日お仕事忙しくなかったの」

会話の入口としては、ごく普通だった。にこにこしながらいう。

「ネットのなかに入っていくんだよね。わたしも、よく入るんだ」

ネットマニア？　アズサは目をあげて、壁に貼られたポスターを見た。そのままじっと一分ほど凍りついてしまう。絵柄はモスクワの赤の広場だった。このカフェのモチーフはバレエなのだ。壁にはどこかの美大生がアルバイトで描いたダンサーが踊っていた。ドガの踊子の劣化版。

ゼロワンは忍耐強く待ち、おれにちらりと視線を流した。確かにアズサの集中振りは普通ではなかった。ぶるぶると身体を震わせて、こちらの世界に戻ってくる。そばかすの目立つ顔で、にっと笑っていう。

「今、モスコウにいってきた。すごくかわいい街だね」

おれは驚嘆していた。ポスターの右上にはＭＯＳＣＯＷの英字。アズサには写真と現実の街の区別がついていないのかもしれない。軽度の知的な障害？

「ゼロくんもネットにいくと、なかなか戻ってこられないんでしょう」

ゼロワンのガス漏れ声が信じられないほどやさしくなった。

「そうだな。おれも別な世界にときどき飛ばされるよ。こっちよりもいいかもしれないな」

一枚の観光ポスターと広大無辺なネットの世界。どちらも現実を映した仮想の造りものであるという意味では同じなのかもしれない。だが、バーチャルな世界が現実ではないことを理解しているか、いないかではおおきな断絶があった。ゼロワンがおれにアズサを見てくれといった意味が初めてわかった。

とんでもない人物鑑定になってきた。おれは息をのんで、会話の流れに聞き耳を立てた。

「わたしたちが会うのは、二回目だよね。一回目は初めましてだけど、二回目はもう友達だよね」

なんだか、Eテレの「おかあさんといっしょ」みたいだった。友達何人できるかな。紅茶のような赤茶色のそばかすが盛大に浮かぶ顔で、アズサはいう。

「ゼロくん、三回目に会ったら、どうなると思う?」

独特のコケティシュな魅力。おれはスマートフォンにメモした。これでまいってしまう男は多いだろう。あるいは知的な障害につけこむ男もまた多いのかもしれない。ゼロワンがいった。

「わからない。なかのいい友達かな」

「違うよ、ゼロくん。三回会ったら、恋人だよ。好きでない人と三回も約束しないもん」

ゼロワンの表情が変わった。深刻な雰囲気で眉をひそめている。アズサは相手の変化には敏感だった。

「なにかいけないことといった?　わたし、馬鹿だから、いつも人のこと怒らせちゃうんだ。気になったら、いつでも叱って、ダメだといっていいよ。ぶったりしなければ、怒ってもだいじょうぶ」

相手の感情の変化にでたらめに敏感。怒られることをつねに恐れている。おれのメモがどんどん長くなる。おれはアズサが子どもの頃のことを考えていた。きっとかわいらしい女の子だったのだろう。いつも周囲の変化にびくびくしていたとしても。

「三回会ったら恋人って、誰にきいたんだ？」

ゼロワンが静かに質問した。

「……お兄ちゃんから」

ゼロワンの穏やかな声は変わらなかった。こいつにもこんな子どもをあやすようなトーンがあるのだ。

「だけど、アズサはひとりっ子だったはずだよな」

「そうだよ、ほんとのお兄ちゃんでなくて、街で会ったお兄ちゃん」

嫌なワードだった。その手のお兄ちゃんにはロクなやつがいない。

「三回会って恋人になったら、なにをするのかな」

ゼロワンのやさしい尋問は続く。アズサはあっけらかんと無防備にいった。

「恋人になったら、セックスする。それが普通だって……」

「……お兄ちゃんがいった」

アズサが目を丸くした。ますます幼い表情になる。

「ゼロくん、よくわかるねえ。わたしと違って頭がいいんだ。おかしな角がはえてるからかな。わたしも頭をつるつるにして、角はやそうかな。そうしたら、誰にも怒られないで済むでしょう」

ギャグではなく、本気の言葉だった。おれは笑っていいのか、泣いていいのかわからなかった。チタンの角を頭皮の下にインプラントしても、人に怒られるよりはいいか。人生は厳しい。

「今まで三回会った人とは、どうなった?」

ゼロワンはなにを考えているのだろう。なにか目的地があるような質問だ。

「なんでだかなあ、わたしとセックスすると、もう会えなくなる男の人が多かったみたい。わたしのセックスが下手くそなのかな。ゼロくんも試してみる?」

シフォンケーキをひと口味見する? そんな調子でアズサは誘った。これでは勘違いする男が群がるのは当然だった。セックスはアズサにとって、さして重要なことではないのかもしれない。あるいは男女関係の大切さがわかっていないのだろうか。

おれはだんだん絶望的な気分になってきた。おれにもゼロワンにも、アズサにしてやれそうなことがほとんど見つからなかったからだ。そこから話は、アニメやマンガの話題作に移っていった。アズサはいまだに「コロコロコミック」を毎号買っているという。ゼロワンは興味のない話をていねいにきき、アズサをよろこばせるような質問をしていた。

理想的なお兄ちゃん役。

サンシャインシティのカフェで小一時間ほど話すと、アズサが急に席を立った。

「あっ、別な約束があったんだ。ほんとはいきたくないなあ。ゼロくんと話していたほうが楽しいんだけど」

本音のようだった。アズサはダッフルコートを着こみながらいう。

「ごちそうさま。つぎに会うときは三回目だね」

ゼロワンは当然のようにいった。

「つぎに会うやつは何回目なんだ」

「一回目。友達たくさんつくるように、お兄ちゃんたちにいわれてるんだ」

またお兄ちゃんだった。しかも今回は複数形。アズサはまったく悪びれない。

「シンラはわたしみたいな子がたくさん友達をつくるためにある場所なんだって。すごいよねえ。わたし気がつくと三時間くらいずっと男の人の写真とプロフィールを見てることあるよ。出会いがいっぱいだね」

ゼロワンは無表情にいう。

「そうだな。悪い男はたくさんいる」

「そうかな、みんないい人だよ。じゃあ、ゼロくん、またね。三回目楽しみにしてるよ」

アズサは振り向きもせずにバレエのカフェを出ていく。おれは声を殺して、隣のテーブルにいった。

「なんというか、変わった子だな。おまえ、あの子にまじで……」

おれの言葉の途中で、やつはいった。

「マコト、このままアズサをつけてくれ。おれはデニーズに戻ってる。あとで報告して欲しい」

そうこなくちゃ。おれは伝票をゼロワンに押しつけると、薄手のダウンジャケットをつかんで、アズサの白いコートの背中を追った。

地下通路からエスカレーターで地上に出ると、早春のサンシャイン60通りだった。あちこちにバイトの呼びこみが寒そうに立っている。アズサはまっすぐ背を伸ばして、駅のほうに向かっていく。尾行など想像もしていないようで、楽し気に池袋の街を流していく。少々スローなところがあっても、こんなふうに陽気に歩けるなら悪くないなと、

おれは思った。

　P'パルコの横から、ウイロードをくぐり、池袋西口へ。ウエストゲートパークを通り抜け、アズサが到着したのは、ホテルメトロポリタンの一階にあるカフェだった。さすがに今回は同じ店には入らない。ガラス越しに店内が見えるガードレールに腰かけて、スマホをいじっている振りをする。

　四時十分過ぎ、アズサは男の待つテーブルの前に立った。四十代、メガネ、紺の冬ものスーツ。隣の席には黒革のカバン。どれもすこしくたびれている。清潔感のある中年ではなかった。アズサは分厚いガラス壁の向こうで、また無防備に笑っている。男の視線はアズサの顔と胸を半々でゆききしていた。

　それからの三十分間で、初めての相手とアズサがなにを話したのかはわからない。男も最初は警戒しているふうだったし、アズサはゼロワンのときと同じように終始笑顔だ。ときに笑いは内心を決して覗かせない壁になることがあるよな。アズサがほんとうのところなにを考えているのかは、おれにはまるでわからなかった。まあ、なにも考えていないのかもしれないが。

　四時四十分すこし前、アズサはまた急に席を立った。中年男はあっけにとられている。その場の空気をまったく読まないところが、この女にはある。入ったのと同じホテルの公園口エントランスから出てくる。おれは尾行を再開した。

池袋のＪＲかメトロの駅に向かうのだろう。そう思っていると、アズサは反対のほうへ歩きだした。またグローバルリングをくぐり、芸術劇場をとおり過ぎて、閑散とした劇場通りへ。とり壊しが始まったマルイの前には、黒いアルファードが待っている。アズサが近づいていくと、男がひとりおりて、ドアを開けてやった。なんだか宅配型のデリバリーヘルスの送迎みたいだ。

おれはあわててスマートフォンを抜きだし、最大の望遠で黒いミニバンを撮った。拡大すればなんとかナンバーが読めるだろう。読めなくともゼロワンが画像処理でなんとか読めるようにするはずだ。

そのままアルファードは西口五差路を要町（かなめちょう）方面に左折していく。ちょっとスローなところはあるが天真爛漫（てんしんらんまん）な女と、街で出会った「お兄ちゃんたち」。それに黒いぴかぴかのアルファード。

おれにはゼロワンの恋がうまく運ぶような予感は、まったくしなかった。

五時にはまた東池袋のデニーズにいた。定番のボックス席の向かいにはゼロワン。おれはやつにその後のアズサの行動を報告し、スマホにあのアルファードをふくめて、何

点か写真を送ってやった。

「そうか、男と別れたあとで、黒いクルマに拾われたか」

　つぶやくようにいいながら、でたらめなスピードでキーボードを叩いている。

「あの子は悪くないとは思うよ。だけど、おまえが本気になるような相手じゃないだろ。頭だってスローだし、たぶん両手両足の指でも足らないくらい男と寝てるはずだ」

　おれなりの常識的なアドバイスだった。自分では勝手なことをする癖に、人への忠告は保守的になるもんだよな。

「ＳＩＮＲＡでまた誰かほかの相手でも探してみたらどうだ。そのスキンヘッドがいいっていう子も、まだいるだろ。だいたい……」

　さっと手をあげて、ゼロワンがおれを止めた。

「ああ、やっぱりな」

　なにかを見つけたらしい。おれのほうにパソコンを向ける。ディスプレイには拡大されたアルファードのナンバーと、所有者の名前と住所・電話番号が記入された表が浮かんでいる。

「もうあのクルマのやつを見つけたのか。ゼロワンは陸運局とかにも入れるんだな」

　まんざらでもなさそうにやつはいう。

「まあ、進入口はいろいろだ。保険、銀行、どの金融機関や官公庁にも首が回らないやつはいる。その手のやつは手元にあるリストや自分のところのパスワードを闇で売りに出すんだ。そうでなければ、あれほど特殊詐欺が流行(はや)るはずがないだろ。名簿屋は一大ビジネスだ」

年寄りの名簿を売るやつがいるから、オレオレ詐欺が猖獗(しょうけつ)を極める。わかりやすい話だが、末端の出し子は逮捕されても、名簿屋が捕まった話はきいたことがない。

「で、あのアルファードのやつらは誰なんだ?」

ゼロワンは別なウインドウを開いた。男がふたり。黒いスタジャンの右肩には、ドラゴンの刺繡(ししゅう)。和風の柄だから龍のほうか。顔がよく似ているので兄弟だとわかったが、ひとりはチビでもうひとりは巨漢だ。

「こいつらだ」

見たことのない顔だった。

「誰、それ?」

「瀬上(せがみ)兄弟。ちいさいほうが兄の俊丈(としたけ)、でかいほうが弟の宏丈(ひろたけ)」

「ふーん、有名なんだな」

おれはそのままディスプレイをスマートフォンで撮影した。ゼロワンはノートパソコンを自分のほうに向けるといった。

「まあ、そこそこ有名なワルだな。兄弟で手広く美人局(つつもたせ)をやってる。アズサも手駒の女のひとりなんだろう。以前、人を介してだが、あの兄弟の依頼を受けたことがある。やつらの女に手を出した新進ＩＴ企業の社長の個人情報を徹底的に集めてくれって」

「そういうことか。アズサのことは最初からわかっていたのか」

ゼロワンは肩をすくめた。白いジャージのなかで骨が動く。

「わかるはずないだろ。なにか裏がありそうだなとは思っていた。さっき『お兄ちゃん』ときいて、それが確信に変わったというところだ」

おれはゼロワンのスキンヘッドから視線を逃して、窓の向こうの夕空にそびえるサンシャイン60を眺めた。

「で、これからどうするんだ?」

透きとおった狂気を感じさせる目で、やつはいう。

「瀬上兄弟からアズサをはがす」

びっくりした。ゼロワンは本気だ。

「……おまえ、アズサのこと、好きなのか」

じっとおれを見るガラス球のような目。深い湖の底で黒い魚の影が動いた気がした。

それともあれは龍だろうか。

「おれにはおまえたちがいうような『恋』とか『好き』とかは、よくわからない。だが、あのままアズサを放ってはおけない。そう感じるだけだ」

「だけど、あの兄弟のとこには、あの手の女がたくさんいるんだろ」

マッチングサイトでつぎつぎと男をとっかえひっかえする無数の女たち。なかには美人局の片棒を担ぐやつもいるだろう。それをいうなら、アズサのように軽度の知的な障害がある女だって、すくなくはないのだ。

「そのとおりだ。だが、おれはアズサのことを知ってしまった。そうなったからには、知らん顔で放置はできない」

なにかを知ることの恐ろしさだった。一度知ってしまえば、もう元には戻れない。

「そうか、わかった」

ゼロワンがまたおれをじっと見つめてきた。しばらく間をおいていう。

「マコト、おまえも手伝ってくれ。おれは対人関係が苦手なとこがある。やつらをどう扱ったらいいのか、わからない」

データやアプリの扱いなら天才的なのに、対人関係のスキルは男にも女にもゼロ。おもしろい男だった。

「わかった。それはおまえ個人の依頼なんだよな」

「ああ、そうだ。おれがマコトに頼む」

こいつと組んだいろいろな案件を思いだした。風変わりだが、頼りになるやつで、腕はいつも確かだった。それに危ない橋でも途中で逃げることは一度もなかったはずだ。

「おまえ個人の頼みなら金はいらないから。じゃあ、瀬上兄弟について、もっと詳しい情報をくれ」

「おれのところにあるファイルをまとめて、おまえのパソコンとスマートフォンに転送しておく。今夜、もうすこしやつらの周りを掘ってみるつもりだ」

そうなれば、ネットに残る美人局兄弟の情報は、ほぼ丸裸になるだろう。表向きのビジネスの詳細だけでなく、やつらの親類縁者、納税記録、スマートフォンの契約や通話記録、学生時代の成績やつきあっていたガールフレンドまでたどれるかもしれない。ゼロワンのパソコンは魔法使いの杖と同じなのだ。

するとゼロワンが意外なことをいった。

「それから、今回はタカシのところは外してもらいたい。これはおれとマコトのふたりだけでやる。おれはおまえのいうことをきくから、作戦はおまえが考えてくれ」

夕日のなか池袋の街を歩いて帰った。サンシャインからは駅が西の方角になるので、絶壁のようにそそり立つ西武デパートの上の空は見事な茜色。都会のまんなかでも夕焼けのきれいさは、大自然のなかと変わらない。

果物屋に帰ると、おふくろにだいぶ叱られた。午後の散歩が長過ぎるってな。おれは敵の罵詈雑言を無視して、店先のCDプレイヤーにチャイコフスキーの「白鳥の湖」をかけた。この曲はセンチメンタル過ぎると初演のときには大不評だったそうだ。だが、今では世界中の女性ファンの涙を誘う名曲として、バレエとクラシック両者のプログラムに欠かせない存在になっている。まあ、時代の評価など気にするなということか。

おれは湖に身を投げる王子とオデットの悲しい場面の曲をリピートしながら、かきいれどきの夕刻の店番をした。頭のなかで悪いやつをはめる算段をしながら、なかば自動操縦で客の対応をするのは、なかなか愉快でいいもんだよ。

その夜は、ゼロワンから届いた資料に目を通して過ごした。量が多くて、受験生のように必死になった。パソコンの画面で文字を読むのって疲れるよな。

瀬上兄弟はひとつ違いで、高校はおれと同じ底辺校。さんざんワルをやらかして、卒業後兄の俊丈は新宿の風俗店に勤めた。弟の宏丈も兄貴の引きで同じ店に入ったという。女の扱いはそこで身につけたようだ。

　二十代のなかばで独立、池袋でマンションヘルスを開店するが、これは一年ともたずに潰れた。ゼロワンに依頼があったのは、このときの特殊な性癖をもった客についてだそうだ。実店舗を失った瀬上兄弟は、ネットの美人局にスタンスを移した。未成年者や知的な障害のある女たちを男にあてがい、事後に脅迫して、その場でキャッシュカードで支払いをさせる。単価はせいぜい数十万で、小金のある中年男が「未成年だと知らずにホテルにいき脅された」と警察に駆けこまない程度のうまい設定である。おれはぴかぴかに磨かれた新型のアルファードを思いだした。やつらのしのぎはうまく運んでいるようだ。

　明けがた、おれの寝ぼけた頭で浮かぶ程度のそこそこのアイディアが降ってきた。悪知恵にもインスピレーションはあるのだ。そこで、おれの眠れない夜は終わった。

　筋書きが決まらないと、不安でしかたないからね。


　一週間後にアズサとゼロワンの三回目のデートは決まった。

　待ちあわせ場所はホテルメトロポリタンの一階カフェ。時間は午後イチだった。ゼロワンは打ちあわせどおりに上階のスイートルームを予約した。おれはまた外からガラス越しに観察する。今回はスマートフォンをつなげたままなので、会話もちゃんときこえるのだ。

　驚いたのはその場にやってきたアズサの顔。誰かに叩かれたように目の周りが赤く腫れていた。ゼロワンがいった。

「どうしたんだ、アズサ、その顔」

　アズサはこの前とよく似た形の黒いセーター。しぶとく笑っていう。

「転んで壁に頭ぶつけた。男の人にやられたんじゃないよ」

　嘘がつけない女。タチの悪い客か、瀬上兄弟のどちらかにやられたと白状しているようなものだ。ゼロワンは即座にいった。

「おれたちが会うのは三回目だ。部屋にいって、ふたりきりになっていいんだな」

　アズサが間をおいた。迷っているようだ。

「……いいけど、そうするとよくないことが……起きるかもしれない」

　ゼロワンはいらだっている。声が鋭くなった。

「誰に？　アズサがまた殴られるのか」

「わたしじゃなくて、ゼロくんによくないこと」

　おれがイヤホンをつけて座っているガードレールからは、アズサの顔しか見えなかった。ゼロワンのほうは緑のジャージの背中だけだ。それでもおれにはゼロワンの笑顔が見えた気がした。

「おれのほうなら、心配いらない。だいじょうぶだ。アズサが怖がってるやつらより、おれたちのほうが賢いし、強いからな」

「……するのはいいんだけど……セックスしたらゼロくんともう会えなくなるよ」

金をゆすりとったら、つぎの客を探させる。三回のデートで仕事のサイクルは完了。瀬上兄弟は鵜飼の鵜のように女たちを使っているのだろう。なだめすかし、おだてて、ときにははたきながら。この世界の下半分には吐き気がするような仕事がいくらでもある。

ゼロワンは迷わなかった。伝票を手にとると立ちあがった。

「さあ、いこう。いいか、アズサ、今日からは誰になにをいわれても、嫌なことはしなくていいからな」

アズサは驚いている。意味不明なのだろう。

「セックスは嫌いじゃない。そのときは、みんなすごくやさしいし、怒らないから」

幼い頃から大人の機嫌を損ねるのが怖くて、ずっとびくびくしながら生きてきたのだろう。機嫌をとるために差しだすのが、自分の身体か。

「いいから、いこう。ただしこれからなにが起きても、パニックにはならないでくれ」

不思議そうな顔をして、アズサがいう。

「ゼロくんって、そんなに変わったエッチするんだ」

テーブルの上においてあったスマートフォンをとると、ゼロワンが顔を寄せて囁(ささや)いた。

「今のは忘れろよ、マコト」

ふたりがカフェのレジに向かうと、その後ろを瀬上兄弟の兄がつけてきた。スマートフォンでふたりの背中を撮っている。おれたちは気づかなかったが、途中からカフェにやってきたのかもしれない。瀬上兄はさすがに手慣れたもので、落ち着いて何枚も証拠写真を押さえていく。たぶんシャッター音は消してあるのだろう。

ホテルのカフェの写真に、いっしょにエレベーターに乗りこむ後ろ姿か。楽しい三回目のデート直後にそんなものを見せられたら、男たちはみな凍りつくことだろう。

おれもイヤホンを抜いて、ホテルのエントランス目がけ動きだした。

部屋番号は２４０２号室。

果てしなく扉が続く廊下で左右を確認し、静かにドアをノックする。ゼロワンが開けてくれた。

「早いな、マコト」

「ああ、すぐに始めよう」

　室内はそこそこの高級感。窓の外には天使の輪のようなグローバルリングが銅色に浮いている。目を丸くしておれを見ているアズサが座るソファの向かい、テーブルの上にポータブルの三脚をおいて、スマートフォンをセットした。動画の撮影を開始する。

　おれはデイパックから瀬上兄弟の資料をとりだした。アズサのほうにふたりの写真を見せてやる。

「怖がらなくていい。アズサには乱暴なことはしないし、おれたちは警察でもない。正直に話してくれるだけでいいんだ。わかるかな。そうしたら、この『街のお兄ちゃんたち』から、自由にしてやれる」

　アズサは警察という単語で全身を震わせた。美人局で逮捕されたら、一蓮托生。おまえもムショいきだとかなんとか、いわれていたのだろう。ゼロワンがフォローしてくれた。

「心配はいらない。こいつはおれの古い友人だ。アズサもこいつらを切りたいだろ。今日のその顔だって、このふたりのどっちかにやられたんだろ」

　おれは再び写真を見せた。

「この兄弟の名前を教えてくれ」

　アズサが震えだした。今度はひと言では止まらない。

「ほんとうに、守ってくれるの？」

　ゼロワンが力強くうなずいた。

「うちのチームを信じろ。おれはまだひとつもアズサに嫌なことをしてないだろ」

アズサはそこで二分ほどフリーズした。全力で難問を考える姿って、けっこういいもんだよな。

「……わかった。信じるなら、あの人たちより、ゼロくんのほうがいい」

おれはゼロワンと目を見あわせた。なんとか最初のヤマを越えたのだ。アズサははっきりという。

「名前は瀬上トシくんとヒロくん。悪い男の人からわたしを守ってくれると最初はいってた。でも、最近はいうことをきかないと、叩かれるんだ」

おれが質問した。

「こいつらがなにをしているのか、知っているか」

「よくわからない。でも、わたしがセックスした人からお金をもらっているみたい」

微妙な問題だった。おれはいう。

「アズサも瀬上兄弟から金をもらったのか」

いやいやをするようにアズサが首を振った。

「ううん、わたしみたいな馬鹿がお金をもつとロクなことがないんだって。もらったのはアップルやアマゾンのカードだよ。いつもだいたい二千円か三千円分かな。好きなアイドルの音楽を買うとすぐなくなっちゃうんだけど」

利益の一パーセントを還元か。底辺ほど格差は激しいってほんとだよな。

「アズサ、わかるかな。三度目のデートをしたら、もう会えなくなるのは、瀬上兄弟が相手からお金を無理やり奪ってるからなんだ。今のままだとアズサが誰かのことを好きになっても、その人とは二度と会えなくなる。ずっとそのまま、あいつらにアズサの人生を好きなようにさせててもいいのかな」

アズサの形のいい唇が巾着（きんちゃく）のように絞られて、顔がくしゃくしゃになった。ぽろぽろと涙を落とす。

「そんなの嫌だよ。そしたら、わたし、ネットで永遠に探し続けなきゃいけなくなる。おばあちゃんになっちゃうよ」

「もう嫌なんだな。じゃあ、瀬上兄弟にさよならをいおう」

「なんていえばいいの」

せっかくの独立宣言なのだ。おれはいった。

「好きなように、自分で考えたらいいんじゃないかな」

また二分フリーズして、アズサは口を開いた。目は真っ赤だが、声は震えていない。

「トシくん、ヒロくん、長いあいだお世話になりました。アズサはこれから自分で、自分の幸せを探します。今から着信拒否するので、連絡しないでください」

アズサはテーブルのスマートフォンをとると、着拒（ちゃっきょ）の操作を行った。おれは録画を止めて、ゼロワンにいった。

「こんなもんで十分だよな」

二時間後、おれたちはスイートルームを出た。廊下を歩きながら、アズサにいった。

「まっすぐに家に帰ってくれ。なにが起きたのか、あとで報告する」

「わかった。でも、危ないことはしないでね。弟のヒロくんはときどき乱暴になるから」

ゼロワンがいった。

「心配はいらない。おれたちにまかせておけ」

ロビーでアズサとゼロワンは別れた。アズサはメインエントランスに、ゼロワンは公園口のほうへ。おれは柱の陰にもたれて待った。広いロビーに散らばるソファから、ふたりの男が立ちあがる。ゆっくりとゼロワンのあとをつけた。先ほどのカフェの前を抜けて、裏のエントランスへ移動していく。二重になった自動ドアをくぐったところで、小柄な兄のほうが声をかけた。緑のジャージのゼロワンを、龍の刺繍入りの黒いスタジャンの兄弟が囲んでいる。セックスで気がゆるんだ男を直後に叩く。瀬上兄弟のいつものスタイルだった。

ほぼ同時におれはスマートフォンの画面で送信のボタンに指をふれた。送り先は瀬上トシタケ。兄弟の頭脳のほうだ。

すぐに瀬上兄弟の背中から近づいていくと、おれは声をおおきくした。

「よう、ゼロワン、久しぶりだな。こんなところで立ち話か」

声のでかいアホの振り。こういうのは得意だ。地でいいからね。舌打ちしながら振り向いたのは、身体がでかい弟のヒロタケのほう。Tシャツの腹がはち切れそう。体重は百十キロくらいか。

「なんだ、おまえ、おれたちはこいつに話があるんだよ。向こういけ」

兄貴のほうのスマートフォンが鳴りだした。おれは間抜けな笑顔を張りつけたままいった。

「なにが届いたのか、この場で確認したほうがいいんじゃないかな。大事なメッセージかもしれないぞ」

瀬上兄は目を細めて、おれをにらんだ。凶暴なのは弟でも、残忍なのは兄のほうかもしれない。ホテルメトロポリタンのエントランスを出たばかりの花壇の横で、おれたち四人は立ちどまっていた。通行人が避けていく。まあ、おれは一般人だが、スキンヘッドのゼロワンと龍のスタジャンのチンピラ風がふたりでは無理もない。

兄がスマートフォンで動画の再生を開始した。画面は見えないが、アズサの声はきこえた。転んで壁に頭ぶつけた。男の人にやられたんじゃないよ。おれはデイパックから、A4の分厚い資料をとりだし、瀬上兄に差しだした。

「ざっとでいい、こいつも見ておけよ」

おもしろいものだ。弟のほうは怒りで顔が真っ赤。兄のほうは資料をめくるたびに、どんどん顔が青くなっていく。それはそうだよな。瀬上兄弟の美人局のしのぎのすべて、住所氏名携帯電話の番号、SINRAでカモを探す女たちのリプライのページがすべてプリントアウトされている。

おれは声を低くした。もうアホの振りはおしまい。

「池袋署の生活安全課に吉岡という万年平刑事がいる。古くからのおれの知りあいだ。その動画とそこにある資料をすべて、刑事に送ってもいいんだ。そうしたら、おまえら、どうなるかな」

先に切れたのは頭が足りない弟のほうだった。

「なにいってんだ、ふざけんじゃねえ。ぶち殺すぞ」

池袋駅前の高級シティホテルのエントランス周辺の空気が変わった。ゼロワンは超然としたままおれと瀬上兄弟を眺めている。今回の主役の癖に傍観者みたいだ。

「おい、騒ぐのはやめとけ。このホテルから池袋署まで五十メートルもないぞ。ドアマンが通報したら、おれはこの資料をそのまま警官に渡すしかなくなる」

瀬上兄が鋭く叫んだ。

「やめとけ、ヒロ。二度とでかい声あげるんじゃねえ」

「だけど兄貴、こいつら生意気……」

「いいから、黙れ。こいつがサツに渡れば、おれたちは終わりなんだ」

資料の束を自分の太ももに叩きつけた。怒りを抑えていう。

「どうやって、これだけのものを調べあげた？」

あきれてものがいえない。

「おまえたちこそ、アズサからなにをきいたんだ。ゼロくんというのが間抜けなＤＪかなんかだと思ったのか。そこにいるゼロワンは、人を介してだがおまえたちの仕事を受けたことがあるといってたぞ。すけべなＩＴ社長の個人情報すべてだったかな。そうだよな、ゼロワン」

ゼロワンは落ち着いたものだった。つまらなそうにうなずくといった。

「社長の愛人が飼っていたチワワの名前は、好きな韓国系俳優からとった。ウシクだ」

初耳だった。つい口を滑らせる。

「『パラサイト』のチェ・ウシクか」

ゼロワンは無言のまま。瀬上兄がいった。

「おい、ヒロ、女の管理はおまえにまかせてるだろ。ちゃんとどんな男を落としたか、情報を入れろ。あんたがゼロワンか。料金は高かったが、いい仕事をしてくれたのは覚えてる」

おれのほうを向いて兄がいった。

「そっちのあんたは誰だ？」

「マコト。池袋のガキにでもきいてくれ。あちこちでトラブルに巻きこまれてる」

ゼロワンがガス漏れの笑い声をあげた。

「嘘をつけ。おまえがトラブルの種だろ」

瀬上兄が目を細めておれをにらんでいた。拷問にでもかけてゼロワンとおれの口を封じるか、それともこのまま引きさがるか。両者の利益とマイナスを冷静に計っているのだ。交渉がしやすい相手。最後に兄がいった。

「おれたちの資料も、動画もサツに送ってないんだな」

おれはいらついている弟を無視して、兄にいった。

「ああ、今のところは。予備は人にあずけてある」

短く激しく息を吐いて、瀬上兄が白旗をあげた。

「わかった。そっちの望みはなんだ？」

ようやくおれたちが待っていた台詞を、美人局の兄からきくことができた。ホテルのエントランスで動きがあった。ドアマンがおれたちのほうを注視している。

「まずいな、ウエストゲートパークに場所を変えよう」

円形広場の空はもう暗くなっていた。グローバルリングに明かりが灯り、汚れた街にかぶせた王冠のように輝いている。薄い板を貼りあわせてつくられた長さ数十メートルはある円形のベンチに腰かける。もう暴力ではなく、言葉による交渉の時間だった。

「おれたちの望みは、アズサをあんたたちからはがすことだ。もうあの子は美人局のエサじゃない。二度と彼女に接触しないと約束するなら、この資料も動画も池袋署には送らない」

瀬上弟がうめくようにいった。

「あんな薄ノロのために、こんな面倒を起こしたのか。どこがいいんだ、あんな女」

おれは無視したが、ゼロワンは生体解剖直前のマッドドクターのような目で、ヒロを見つめていた。瀬上兄がいった。

「ほんとうにアズサを自由にするだけでいいのか」

「ああ、あとは好きにしてくれ」

どうせマッチングサイトは無数にあり、出会いを求める男女も無数にいて、そこにビジネスチャンスを見つけて参入する瀬上兄弟のようなヤカラもボウフラのように湧いてくる。

「しのぎは続けても文句ないんだな」

「ああ、だけどいつか手がうしろに回ることがあっても、おれたちを疑うなよ。おまえらが約束を守る限り、おれたちはあいつを生活安全課には送らない。約束できるか」

おれを殴り倒したくてたまらないという狂犬のような目で、瀬上弟がおれをにらんでいた。それはそうだろう。一度もつかうことのなかった無駄な力と脂肪の塊だ。瀬上兄があきらめたようにいった。

「わかった。約束する」

おれは夕空を見あげた。西のほうに熾火のようなオレンジが帯になって残っている。三月の風は氷水のように冷たい。ダウンジャケットからスマートフォンを抜いた。

「じゃあ、証人に頼もう」

おれがふれたのはタカシのナンバー。瀬上兄にいう。

「おまえも池袋でしのぎを張るなら、Ｇボーイズのキングの噂はきいたことがあるだろ。今から電話をかける。まあ、保険みたいなものだ。そっちの弟のほうと夜中の道で会いたくないからな」

取次が出る前に、スピーカーフォンに替えた。ゼロワンは驚いていた。この保険についてはまだ話していなかったのだ。反対されると困るからな。おれもゼロワンも武闘派ではない。ほとぼりが冷めた頃、いきなり襲撃されたらたまったものじゃない。

「はい、Ｇボーイズのキング・安藤崇(あんどうたかし)の携帯です」

どこかの大企業の社長秘書みたいな美人声。おれはいった。

「マコトだ。タカシに代わってくれ」

おれは今回の騒動の顛末をすべてキングに直接会って話していた。ゼロワンの恋路というと、やつもすぐに乗ってきた。まあ、おれたちは数々のトラブルで同じサイドで動いてきたので、戦友みたいなものだ。

タカシの声は円形広場を渡る三月の夜風よりずっと冷たかった。

「話はマコトからきいている。そこにいるのは瀬上トシタケとヒロタケだな」

瀬上兄の顔色が変わった。無理もない。Ｇボーイズには、真実とフェイク両方の悪い噂が乱れ飛んでいる。誰かを山に埋めたとか、死体を酸で溶かしたとか。タカシがキングでいる限りそんなことはまずないが、恐怖の流言(りゅうげん)を利用しない手はない。相手が勝手に恐れてくれるのだ。しゃがれた声で、兄が返事をした。

「ああ、おれがトシタケだ。隣に弟もいる」

タカシは王の威厳をもって告げる。

「マコトとの約束を守るんだな？」

瀬上兄が震えあがった。

「わかった、守る。約束する」

ありがとうといって通話を切ろうとしたら、スピーカーが鳴った。キングの声は耳にドライアイスを詰められたように冷たい。脳まで冷えそう。

「ヒロタケ、おまえも約束しろ」

おれは暴力自慢の巨漢の心が折れる音をきいた気がした。絞りだすようにヒロがいう。

「……約束……する」

タカシが最後に念を押した。

「約束を破れば、おまえたちふたりをどこまでも追うことになる。Gボーイズとゼロワンをなめるなよ。どこに隠れても一度でもスマートフォンかカードをつかえば、それで終わりだ。わかったか？」

女商売をしているふたりには厳し過ぎる相手だった。まあ、実際にGボーイズにはばりばりの武闘派もいるんだが。兄がこたえた。

「……はい」

「声がちいさい」

さすがにタカシは役者だった。ドリフのコントみたいで、おれは思わず笑いをこらえた。

「ハイッ！」

瀬上兄弟の声がそろった。

「Gボーイズのキングが、おまえたちの約束の証人になった。どちらも約束はたがえるなよ。切るぞ、マコト」

「ああ、ありが……」

例のごとく途中でキングは通話を切った。これだから王族というのはつきあいにくい。

おれとゼロワンはウエストゲートパークを離れた。
約束をとりつければ、あんな美人局の兄弟に用はない。東池袋のデニーズで、おれは豚肉の酸辣湯（サンラータン）鍋を注文した。最近のデニーズには鍋ものがあるのだ。身体が冷え切っていたので、ありがたいメニューだ。ゼロワンは同じく鍋で、冬野菜のビーフシチューハンバーグ。

届いた鍋をつつきながら、すこしだけ話をした。普段のゼロワンはけっこう無口。

「タカシに頼んだの、まずかったかな」

どこかうれしげなガス漏れが返ってくる。

「いや、かまわない。いつも助けを借りるのが嫌だなと思っただけだ」

「そうか」

酸辣湯のスープが辛くて酸っぱくて、けっこううまかった。大人になると複雑な味がわかるようになるものだ。

「でもさ、もしゼロワンがあの弟のほうに詰められたら、どうするつもりだったんだ」

龍の刺繍入りのスタジャン百十キロ。短く笑って北東京イチのハッカーがいった。

「やつらのしのぎは美人局だぞ。どう転んでも、殺されることはないだろ。生きてれば、いくらでも復讐(ふくしゅう)の方法はある。あとでぎたぎたにしてやるさ」

そこまで覚悟していたのか。おかしなやつ。

「アズサとはこれからどうするんだ？」

「わからない。女とつきあうって、どういうことなんだ。マコト、ひと言でこたえられるか」

そうゼロワンに詰められて、おれも返答に困った。

「女とつきあうって、ほんとはどういうことなんだろうな。おれも最近ぜんぜんだから、よくわからないや」

きっと好きな女と相思相愛でつきあえたら、すごく幸せなんだろうなと思うだけだ。アズサのようにみんなが単純になれたら、もうすこしこの国の幸福の総量も増えるのだろう。GDPが増えなくとも、それならいいと思う。ルックスでも年収でも社会的なポジションでもなく、目の前の相手をきちんと見ること。それは現代の男女には、ひどく困難なことだ。

おれはその夜、また「白鳥の湖」をききながら眠りに就いた。音楽のなかでなら、心中もそれほど悪くないなと思った。王子と白鳥の入水自殺なんて、マンガみたいだ。だけどマンガや音楽が、新聞や論文よりこの世界の真実を映すことって、よくあるもんな。

ゼロワンとアズサはその後、池袋で何度かデートしたそうだ。最初の頃はうまくいっていたようだが、夏を迎えることなく別れている。あんなに劇的な出会いだったのに、終わるときはこんなもの。なんでもゼロワンが振られたらしい。おれはやつの前ではアズサの話をひと言もしなかったし、やつの初恋？　の結末をきくこともなかったので、細かいところまではわからない。

出会って、つきあい、別れる。

今もこの国で毎年のように数百万も生まれては死んでいく恋のなかのひとつだ。今回はほんのイントロだけで終わってしまったが、まあ、誰の恋だって実はそんなもんだよな。ゼロワンはぜんぜんめげていない。今日も東池袋のデニーズのボックス席で、ノートパソコン二台とスマートフォン二台を駆使して、ハッカーを続けている。まだＳＩＮＲＡにプロフィールを載せているのか、おれにはわからない。

タカシとはあの電話の礼を兼ねて、一度ホテルメトロポリタンのバーに飲みにいった。ゼロワンがおれに突きつけた小刀みたいな質問を、ファンがどっさりいる池袋のモテ男に投げてみる。女とつきあうって、ほんとはどういうことなんだろう。

やつの返事はアズサの言葉のように単純だった。恋すること、歌うこと、生きること。すべておれたちはなにひとつ理解せずにやっているじゃないか。そいつは決して難しいことじゃない。ウエストゲートパークの鳩も、西一番街の野良猫も、マッチングサイトに集まる男女もやっている。最低で最高のゲームみたいなもんだ。

そうだよな、おれは笑ってうなずき、タカシと乾杯した。

夏がくる前に、おれにも無防備に笑う無垢（むく）な天使が空から降ってこないだろうか。

まあ、たとえうまくつきあえたとしても、おれの場合ゼロワンやタカシには絶対秘密にするんだけどね。

ペットショップ無惨

「かわいい」って心底恐ろしいことだよな。

たとえば、あんたができたばかりの彼女とデートをする。向こうもけっこう必死なので、子どもや動物が大好きなんて、アピールをするのだ。よくある話。ペットショップの前をとおり、アクリルのケージに入ったチワワなんかを見かけて、彼女は悶絶（もんぜつ）するように叫ぶ。

「見て。この子、ほんとかわいい」

流れで店のなかに入っていくと、軽やかなBGMが流れ、生後十週にも満たない子犬や子猫がどっさり。不思議だけど、ペットショップでは生まれて半年以上の若い犬や猫は見かけないよな。裏には恐ろしいからくりがあるんだが、その話はまたあとで。

半袖アロハみたいな制服を着た店員が、フレンドリーな笑顔でやってくる。眠たげな表情をした白いチワワの愛くるしさにハイになった彼女に、キラーワードを投げるのだ。

「あら、今、彼女さんとうちの子の目があいませんでしたか」

そうかしらと夏服の彼女。

「だって、お客様がお店に入ったときから、この子ずっと目で追ってましたよ。好きになっちゃったのかもしれないな。運命かも。よろしければ、抱っこしてみませんか」

チワワを抱く彼女にわからないように、あんたはケージにつけられた価格表に目をやる。

チワワ（ロングコート）四十八万九千八百円。かわいいワンちゃんはダイヤモンドの指輪くらいの値段。店員は満面の笑みでいうだろう。

「うわー、よくお似あいです。この子も運命を感じちゃってるのかなあ。すごくなついてます」

うまく客をはめれば店の勝ち。幼くていたいけで、自分だけでは生きていけない動物を守りたいという母性本能が、初デートの彼女の胸で嵐のように呼び覚まされる。実際、彼女さんは近所のやかましいガキには、冷たくて意地悪なんだけどね。本能に働きかけ、保護欲をくすぐることで、売り上げを伸ばしていくのだ。なあ、ペットショップってなかなかのビジネスだよな。

ちなみにケージ（おおきさは動物愛護法で決められている）のなかに幼犬や幼猫を入

れて店頭にディスプレイ販売する生体展示は、海外ではつぎつぎと禁止されている。ドイツではほぼ全面的に終了、フランスでは二〇二四年から禁止、アメリカでも各地の条例で禁止が相次いでいる。

要するに「かわいさ」が武器となるうんと幼いうちに、無理やり親から引き離し、非人道的な環境（長時間の衆人環視、明るすぎる照明、うるさすぎる音楽、親も兄弟もいない孤独）のなかで、まだ社会性も生まれていない子犬や子猫を売りさばくような野蛮なことはやめようという話。よくわからないなら、赤ん坊を売るベビーショップを想像してくれ。人間ならダメで、動物ならいいなんていい草は、もう今の時代にはとおらない。

おれも禁止に賛成する。今回のトラブルで悪質ペットショップの裏側をたっぷりと見せつけられたからな。売れなかったあいつらがどこにいくか。あんたの最悪の予測の千倍くらい劣悪な環境か、あるいは天国か。

今回のおれの話は、豊島区目白にあるペットショップと、揺りかごから墓場までペットのすべてを業務とする一大ペットビジネスの裏を暴くストーリーだ。気の毒な話に弱いやつは、ティッシュをひと箱用意してきいてくれ。おれも現場で思わずもらい泣きしそうになったくらいだからな。

ちなみに最初に登場したタイプの彼女とロングコートチワワには、くれぐれも気をつけるように。かわいさや母性本能なんて、本来は値札がついて売られるようなものじゃない。

おれたちの世界はいつでも売ってはいけないものを売って、回っているのかもしれないけどね。

夏って頭をぶんなぐられるようにやってくるよな。

東京は梅雨が明けたとたんに、三十五度の猛暑日がやってきた。もう店番なんかやめて、エアコンの効いた部屋で、音楽でもききながらふて寝したいくらい。だが、おれには池袋の駅前の雑踏のなか、果物屋の店番をするという神聖な義務があった。

廃棄処分直前のメロンやパイナップルをよく研いだ包丁で切り、クラッシュアイスのうえに並べていく。見た目はよくないかもしれないが、贈答用の高級品でもこちらの串のうまさにはかなわないんだ。

「マコト、晩ごはんまでには帰ってくるのかい」

店の奥で扇風機の風を浴びながら、おふくろがいう。

「心配してくれるんだ」

「いい年をした大人の心配なんて、誰がするもんか。夕食の準備があるから、きいただけだよ」

おれはその日、一日好調だった。新しい仕事の依頼があったのだ。埃っぽくて退屈な店先だって、華やいで見えるというもの。

「ああ、遅くはならないと思う。まだ、どんなネタかわからないけどさ」

「今回の依頼主は、あの子なんだよね。ほら……キャットキラーのときの」

おふくろにしてはめずらしく、いいにくそうにしていた。無理もない。竹本泰斗はネットでのちょっとしたいたずらから猫殺しとして有名になった高校生だ。実際にはきつめのヴェジタリアンで肉も白砂糖も口にしないんだけどね。

「そう、タイト。なんでも動物がらみらしい」

「あの子は目白希望学園にかよってるんだろ。マコトもあそこに入れたかったんだけどねえ。あんたの成績じゃあ……」

語尾を濁した。傷つく。世の母親って、どうして学歴をあんなに気にするのかな。おれは池袋のキング・タカシと同じ都立の工業高校卒。タイトのところは東大に毎年五十人は送りこむ名門進学校。でも、おれとタイトにはたいした差はないと思う。負け惜しみじゃなく、真剣にね。

「おれの頭はおふくろの遺伝だろ」

「そうねえ、わたしがわるかったんだ。大学出じゃなくて、あんたの父親みたいな男を選んだんだから。一流大卒で貿易会社に勤める人とお見合いしたけど、どうしてだかさっぱりときめかなくてね。あんたの父親なんて、笑顔がいいだけの男だったのに。おかしなもんだね」

その男が死んでから、おふくろは再婚もしていない。恋なんて、ほんとおかしなもんだよな。おれは店の奥の壁にかかった年季の入った時計に目をやった。約束の時間まで十五分。エプロンを脱いで、丸めてレジのしたに放りこんだ。

「人の頭のよさは入学試験じゃ測れないよ」

「じゃあ、どうすればいいんだい」

「十五分もそいつと話をすればわかるってさ」

おふくろが店から西一番街の路上に出て、空を見あげた。ビルの隙間に白く輝く積乱雲と七月の太陽。目を細め、渋い顔でいう。

「そんないいかげん誰がいったんだい」

「ミシェル・ド・モンテーニュ」

おふくろが鼻を鳴らした。

「ふん、カッコつけるんじゃないよ。さっさと、いきな。タイトくんによろしくね。またうちに遊びにきなって。今日は暑いから、ちゃんと水のむんだよ」

「はいはい、いってきます」

　おれは果物屋の店先を離れた。これがどういう気分かというと、足首についた鎖を解かれたローマの奴隷みたい。ついに自由だ！

　ちなみに頭のよさの見分けかたについて、おれのは又聞きだ。正確にはモンテーニュについて書いた堀田善衛（ほったよしえ）の三巻本『ミシェル　城館の人』にそうあった。古本屋で掘ったお宝だ。流行らないかもしれないけど、ほんとにおもしろい本で、みんなにおすすめだよ。

　千登世（ちとせ）橋は明治通りのうえにかかる陸橋。白い花崗岩でできたヨーロッパ製みたいな重厚な造り。とおっているのは目白通りだ。橋の欄干（らんかん）から南のほうを見ると、新宿の高層ビルが大通りの車列の先に望めて、東京の夜景スポットとしても有名だ。
　待ちあわせしたのは午後二時。タイトは白いワイドパンツに、セーラー服のような襟がついた長袖ボーダーシャツで欄干にもたれていた。髪は長髪の天然パーマ。『ベニスに死す』のビョルン・アンドレセンみたいといったら、いいすぎか。
「よう、タイト、久しぶりだな。もう高三になったのか。受験たいへんじゃないのか」

悪名高き高三の夏である。おれは経験してないけどな。プレパラートみたいに薄く笑って、タイトはいう。

「マコトさんにはいってなかったっけ、私立大の獣医学部にもう決まったんだ。推薦で。ぼくは意外と成績いいんだよ」

おふくろがおれの代わりにほしがるわけだ。タイトは優秀で美形で、おまけにごりごりの菜食主義者。この若さで動物愛護に生涯をかける決心をしている。まあ、神経質すぎるし、十代なのに食がやけに細いのが問題だけどな。誰にでも欠点はある。

「おまえと話してると調子狂うな。おれの周りには頭いいやつって、あんまりいないから」

ほんとうに回転が速いと思うのは、タカシと池袋署署長の礼にいくらいのもの。

「マコトさんは頭いいでしょ。いつもつぎの展開を考えながら話をしてるし、どんな話題だって受けいれてくれる。心が広いんだ。そういう人はあまりいないよ」

おれたちは夏の直射日光のしたで、おたがいをほめあった。日本では誰も身近な人はほめてくれないからな。タイトは遠い目をして、すこし離れた先の石造りの欄干を見ている。

「ほんもののキャットキラーか」

あそこにはタイトのおふざけを真似たキャットキラーが、前足を切断したキジトラを放置していたのだ。ボロ雑巾のようにぐったりしたままの。おれはタイトが白いTシャツの胸を血に染めて、動物病院に駆けこんだのを忘れない。まあ、おれもいっしょだったんだけどね。

「あの猫、元気か」

「うん、前足に装具をつけたから、今ではけっこう走れるようになったよ。名前は覚えてる?」

「忘れるはずないだろ」

タイトはにこにこしている。もう初対面のときの気おくれや対人恐怖は、おれに感じていないようだ。キャットキラーを見つけたおれに感謝の意をあらわすため、やつはオスのキジトラにおれと同じマコトという名前をつけていた。

「うちのマコトは去勢手術もしたのに、メスのあとばかり追いかけてるよ」

つい笑い声をあげてしまった。

「そいつはふざけたマコトだな」

「ほんとに。カーテンにスプレイするしさ、マコトはふざけてるよ」

スプレイは自分のテリトリーを臭いで示すため少量の尿をかけること。おれたちはおおきな声で笑いあった。陸橋のうえを夏の乾いた風が抜けていく。汗だくでもやっぱり夏って最高だよな。

「ところで、今回はどんなトラブルなんだ。キャットキラーよりもまずいのか」

野良猫の前足を切りとる三十二歳の男よりも、薄気味わるい相手がそうたくさんいるとは思えなかった。タイトはボーダーのセーラー服で、自分の身体を抱き締める。

「うん、ひどいよ。単独犯じゃないしね」

「へえ、グループの犯行なんだ」

猫殺しや犬殺しがどっさり。SNSで同好の士を集めているのだろうか。この世界には考えられないような変態がたくさんいる。

「それになにより、金になるんだ。あいつらは日本のGDPの成長に貢献してるからさ。この国で一番強いのって経済だよね」

高校生に真顔でそんな質問をされたら、あんたならどう答える？　おれはバカだし、底辺に近いほうの人間なので、口が裂けてもイエスといいたくなかった。

「たいていのやつはそうかもしれないけど、ときと場合によるんじゃないか」

「……そうだとほんとにいいんだけどなあ」

タイトは千登世橋を目白駅のほうに歩きだした。おれも二歩ばかり遅れて、天パの長髪に続く。背中越しにやつはいった。

「尾長（おなが）先生の病院で、待ちあわせしてるんだ。今回の依頼主はぼくじゃなくて、その人なんだよ」

「へえ、どんなやつ？」

　タイトの友人なら、きっと変わり者だろう。たぶんおれとは気があうはずだ。

「それは会ってのおたのしみ。それよりマコトさんはＣＧペットっていう会社の名前きいたことある？」

　タイトと肩を並べて歩きながら返事をした。

「いや、ないな」

　つまらなそうに高校生がいった。

「ペットを飼ってない人には、そんなに有名じゃないのかな。ＣＧペットって最近急激に伸びてるペットの総合商社なんだ。ＣＧは揺りかごから墓場までの略なんだよ。クレイドル・トゥ・グレイブ」

　タイトのきれいな英語の発音。

「犬や猫の面倒を一生見るってことか」

「そう、ＣＧペットは八つの部門に分かれていて、ＣＧブリーダーはペットの生産を担当してる。なんか嫌な言葉だよね。犬も猫も生きもので機械じゃないのに」

敏感な少年。おれが高三の頃は、動物愛護なんて気もちは欠片もなかった。

「で、他にまだ七つもあるんだ」

「うん、中心になるのはCGペットショップで、あとにまだまだ続くんだ。CGペットホスピタル、CGペットサロン……」

「ちょっと待ってくれ。ペット関連の仕事なんて、だいたいそんなもんだろ。まだあるのか」

タイトは歩きながら、指を折り始めた。ホスピタルは動物病院で、サロンは犬のトリミングなんかをするのは、おれも知っている。でもまだ四つもあるのだ。ペットをめぐる一大コンツェルンである。

「あとは、CGペットスクール、CGペットホテル、CGペットホーム、これは犬用の老人ホームだよ。年をとって病気になったとか、飼い主が亡くなって誰も面倒を見る人がいないペット用なんだ」

「なるほどな、高齢化はペットも同じじってことか」

「うん、最後はCGペット霊園。ほら、ちゃんと揺りかごから墓場までになってるでしょう。あそこの霊園は無宗教で、ペットだけでなく人間も入れるんだって。普通の人間用のお墓よりも安いから、人気があるらしいよ」

「ふーん、気もちはわからなくもないな」

家族とうまくいっていなくて、愛するペットと同じ墓のほうが気楽でいい。そんなやつもこの国にはいくらでもいることだろう。家族ってめんどくさいもんな。

「ちょっと待って」

タイトは肩にさげた帆布(はんぷ)のショッピングバッグから、パンフレットをとりだした。

「マコトさんに渡すの忘れていた。これ、四月の株主総会で配られたやつだよ」

おれの声が思わず高くなる。

「タイトはCGペットの株主なのか!」

自慢じゃないが、おれはこの年になっても、株なんてひとつももっていない。ぶんぶんと手を振って、やつはいう。

「違うよ。それはこれから会う人に、もらったんだ。マコトさんに渡して、簡単なレクチャーをしておいて欲しいって」

「ふーん」

おれはパンフレットの表紙に目を落とした。子犬や子猫の写真が数十枚組みあわされ、右肩上がりの矢印になっている。急成長する総合ペットビジネスって意味か。なかを開くと、事業部ごとに独立した会社の概要と、CEOの紹介があった。

山口武美(やまぐちたけみ)(48歳)。ツーブロックのナンパな髪形。よく日焼けしていて、笑顔から覗く前歯は未使用の便器みたいにぴかぴかにホワイトニング済み。お坊ちゃん私立大学の経営学部を卒業し、アメリカでＭＢＡを取得。趣味はトライアスロンとグランピング。最先端のいかした経営者だった。おれのような庶民が無意識に嫌悪するタイプである。きっと妻は元アナウンサーか元アイドルなんだろうな。

「いけすかないやつだな」

「そうだね。その人で一番残念なのは、別に動物が大好きって訳じゃないとこなんだ。ただのビジネスで。新聞記事を読んだんだ。最初に就職した総合商社では輸入ファッション担当だったんだって。それで、たまたまペット用の服を韓国から輸入したら、人間用よりもずっと儲かることに気づいて、ＣＧペットをスタートしたらしい」

おれは山口のゴーストライターが書いた（たぶんね）株主への挨拶に目をとおした。

「旧態依然として進歩や改革のないペット業界を徹底的にリニューアルし、日本経済の成長に寄与する」

「ペットと飼い主様のクオリティ・オブ・ライフを最適化し、極限までカスタマー・サティスファクションを追求する」

心のない馬鹿が書いた呪文のような文章だった。おれは依頼人について想像してみた。気難しい中年の女性教師のようなイメージが自然に浮かんでくる。おれの苦手なタイプだ。

「もうすぐホープ動物病院に着くよ。そのパンフレット、ぼくがもってようか。マコトさんって、いつも手ぶらでバッグとかもたないよね」

自慢じゃないが、おれはデイパックと旅行用のトランク以外、バッグというものを所有していないのだ。傘と同じで邪魔くさいから嫌いというだけなんだが。

「ああ、頼む」

雑居ビルの一階に赤いひさしが張りだしていた。壁面には犬と猫のシルエット。白抜きの英文字は HOPE ANIMAL HOSPITAL。タイトがガラスの引き戸を開けた。

エアコンの風が気もちよかった。
人類最大の発明かもしれない。ちなみにエアコンは印刷工場でインクがにじむからなんとかしてくれと頼まれたエンジニアが、湿度を調整するためにつくった機械が最初。湿度を下げるときに温度も同時に下がったので、そこから冷房機に成長したという。いや、なにごとにもおまけって大切だよな。
「あら、いらっしゃい、タイトくん」
イケメンで保護猫を五匹も飼っているタイトは、若い女性看護師の人気者。おれはあっさりスルーされた。

「尾長先生、いらっしゃいますか」

「ちょうど新しいワンちゃんの初診をしてるところよ。高坂さんの関係だから、タイトくんも入室してだいじょうぶ」

タイトは会釈した。

「ありがとうございます」

待合室の横にある靴脱ぎ場で、スリッパに履き替えた。診察室ならおれもよく知っている。短い廊下の右手にある四畳半ほどの部屋だ。あそこでキャットキラーを確定する電子カルテを見せてもらったっけ。話のわかる尾長先生がパソコンのディスプレイにやつのカルテを呼びだして、部屋を離れただけなんだけどね。向こうも顧客情報の秘密保持義務があるからな。

「失礼します」

タイトがひと声かけて、引き戸を開けた。

「よう、よくきたな、タイト。獣医学部の推薦入学おめでとう。おーマコトも久しぶりだな」

ひげ面に、半袖の白衣。肉体労働者のように分厚い胸板。なんでもジムで鍛えたのではなく、親からの遺伝だという。診察室にはふたりの女性が、丸椅子に座っていた。中年のほうが母親で、若いほうが娘だろうか。清楚な感じの美人、どこかで見たことがあるような。あとは白黒ぶちのチワワが一匹。

「ちょっと待っててくれ、先にこの子を診るから」

尾長先生が高めの診察台にチワワをのせて、身体を触診していく。チワワっていつも震えているみたいだよな。後ろ足の関節にさわると、チワワが飛びあがり吠えだした。尾長先生の顔が険しくなる。

「うーん、この子どこで買ったのかな」

中年のほうがこたえた。

「CGペットショップなんですけど」

獣医が腕組みをしていった。

「……そうなんだ。じゃあ、気合いれて診ないとなあ」

さらに慎重に全身を探っていく。ちいさな頭蓋骨に触れたところで、手がとまった。

「奥さん、この子買うときCGでなにかいわれたかな」

しばらく考えている。おっとりしたというか、ちょっとスローな感じのおばさんだった。年齢は五十代初めだろうか。

「ああ、おでこの窪みのことですか。それなら、大人になれば自然に治るって、店員さんはいってましたけど」

はーっとおおきくため息をついて、尾長医師がいった。

「だから、CGは駄目なんだよなあ。あのね、この窪みはペコっていう発育不足による頭蓋骨の陥没なんだ。大人になれば治るどころか、約七割程度の確率でなんらかの病気になるというのが獣医学では定説になってる」

ふたりの女性の後方で、おれとタイトは突っ立っていた。タイトはペコのことを知っているようだった。厳しい顔でうなずいている。不安げな女性が質問した。

「病気って、いったいどういう……」

「ワンちゃんによって当然違うんだが、発育不良とか水頭症とか、鬱病とか」

おれは目を丸くした。犬の鬱病？　おれの反応を見て、タイトが耳元で囁く。

「犬の鬱病や不安症はめずらしくないよ。人間と同じように抗鬱剤が処方されてるんだ。アナフラニールとか」

尾長医師が続けていった。

「それとこの子の後ろ足なんだが、左のほうに膝蓋骨の脱臼癖があるみたいだ。パテラだな」

「あの……手術をしないといけませんか」

恐るおそる中年女性が質問した。娘のほうがフォローする。

「尾長先生、この動物病院にきたのはセカンドオピニオンが欲しかったからなんです。飯田さんは先にCGペットホスピタルにいって、すぐに手術をしなければ一生歩けなくなるといわれたんだそうです」

どうやら、母子ではないようだった。こちらはひどくいい声で、理路整然と話をしている。自分の普段の会話を思いだせば、誰でもわかるだろうが、そういう人間はけっこうすくないものだ。

「はーっ、またCGのとこか。あの山口武美って男は、ほんとにどうしようもねえな。それで高坂さん、CGの獣医はなんていってた?」

若い女がちらりと、おれとタイトを振りむいた。タイトに軽くうなずく。おれにはカクテルグラスの縁(ふち)くらいの薄い笑み。やはりどこかで見たことがある。年は五歳若く見える三十代前半というところ。

「左足だけでなく、右足にも膝蓋骨脱臼があるから、両足ともに手術をする必要があるといったそうです」

飼い主の飯田さんがいった。

「だけど、この子はまだペット保険に入っていなくて……」

おれはタイトの耳元でいった。

「犬の膝って、どれくらいかかるんだ」

怒りでタイトの目が光っていた。

「病院によって違うけど検査と全身麻酔と手術代、両足だと手術代が倍になるから、三十万くらい。術前術後の入院代は別」

　驚いた。それでは健康保険の利く人間の医療費よりも高くつく。

「うちの病院にきて、ラッキーだったな。まず、右足のほうはだいじょうぶだ。手術の必要はまったくない。左足のパテラもすぐに手術するのは、やめておこう。うちはなるべく手術はしない方針なんだ。すこし時間はかかるけど、リハビリとトレーニングで治していこう。CGの病院にはもういったら駄目だぞ。腕のない獣医と手っとり早く金儲けをしたがる獣医は、すぐに手術をしろと、飼い主を脅すんだ」

　さすが尾長先生だった。ひげもじゃで閻魔（えんま）大王みたいでも良心的だ。

「ちなみにあんた、この子にどんなごはんあげてる？」

　飯田のおばさんは不思議そうな顔をした。

「市販のペットフードですけど。プレミアムタイプの」

　高価なプレミアムに誇りがあるようだった。尾長医師はチワワの顔を覗きこんできいた。

「おまえ、あのごはん好きじゃないよな。身体によくないもんな」

　チワワに話しかけている。おもしろい獣医。顔をあげて、飯田さんを見た。

「プレミアムだかなんだか知らないが、一年も二年も平気でもつようなものを、自分の赤ん坊にたべさせる親はいないでしょう。明日から手づくりのごはんをあげてください。

なあに毎日同じものでいいんだから、慣れたら簡単だ。帰りに受付でワンちゃんのレシピを受けとるように。体重別であげる量が決まっているので、それだけは厳重に守るように」

飯田さんは気圧されて、あいまいな返事をした。

「……はあ、はい」

尾長先生はとろけるような目で、震えるチワワを見つめている。

「きっと、あなたも驚きますよ。この子の毛並みはほんとうはこんなものじゃない。面倒かもしれないが、ひと月もごはんを手づくりすると、艶と色味がまったく変わってくる。ワンちゃんも人間の子どもと同じように扱ってやってください。同じ生きものなんだから」

顎が胸に刺さるんじゃないかというくらいタイトは深くうなずいた。若い女のほうが丸椅子から立ちあがった。

「それじゃあ、尾長先生お邪魔しました。すこしタイトくんと真島さんと話があるので、今日はこれで失礼します」

「おー、そうか。この子を連れてきてくれて、ありがとな。無駄な手術をさせなくて済んで、おれもうれしいよ。マコトに頼むのは、ＣＧの件か？」

「ええ、まあ」

「そうか、そろそろ誰かがなんとかしないと、いけないよな。やつらはあまりにやり過ぎた。マコト、よろしく頼むぞ」

尾長医師は自分の太ももを平手で叩いていった。

「さて、本腰入れて、この子を診てくぞ。じゃあな、みんな。今度、めしでもくいにいこう」

おれとタイト、それにどうやら依頼人らしい高坂という女といっしょに診察室を出た。タイトが感心したように漏らした。

「尾長先生はさすがだね。ここの病院はすごいんだよ」

あの獣医がただ者でないのは、よくわかっていた。とりあえず質問してみる。おれは動物病院には詳しくないからな。

「どうすごいんだ？」

「初診の子にはきっちり一時間、診察時間をとるんだ。飼い主の話も徹底的にきくし、手づくりレシピの指導もする。避けられないなら、手術だって抜群の腕なんだ。尾長先生はぼくの目標だ」

おれはタイトがまぶしかった。高三で生涯の目標を見つけ、その人物の素晴らしさがきちんとわかるというのは見事なものである。タカシと池袋の裏で遊び歩いていた自分が恥ずかしい。若い女が振り向いていう。

「タイトくんのいうとおり。尾長先生は素晴らしい。でも、ペットビジネスに関わる人で先生みたいな人はすくないの。だいたいは子犬や子猫を札束だと考える人たちばかり。CGの山口武美とかね。カフェにいきましょう」

都市銀行のとなりにできたチェーン店のカフェだった。一階はカウンターとテーブル席がふたつほどだが、二階にあがるとホテルのラウンジ並みの広さで、ソファ席が広がっている。かなりの数の客がいるのに半分も埋まっていなかった。

高坂はチャコールグレイのパンツに、男もののように飾り気のない白いシャツを着ていた。おれもそこそこファッションがわかるので、生地の番手と白の輝きでかなりの高級品であることがわかった。聡明そうな広い額と強い目。ロングの黒髪はうしろでポニーテールにしている。

名刺を一枚おれのほうに滑らせるといった。

「真島さんのお話はタイトくんからきいています。キャットキラーを見つけて、警察に突きだしたそうね」

見つけたのはおれだが、後半のほうはタカシとGボーイズだった。適当にうなずいておく。手札をさらすにはまだ早い。おれは名刺を手にとった。NPO法人「ペット・エガリテ」代表・女優　高坂鳴美（なるみ）。

美しさが鳴り響くか。いい名前。驚いて顔をあげた。そうか、どうりで見たことがあるはずだ。正確には「観た」のほうだが。高坂鳴美は五、六年前の朝の連続ドラマに主演して大人気になった。その頃のCMクイーン。だが事務所ともめて、退所してからはメディアではほとんど見かけることはなくなっている。

「そうか、あんたがあの高坂さんだったのか」

おれはあらためて正面に座る女性を見た。三十代になりかわいらしさは抜けたが、厳（いか）めしい美しさを身につけている。幼くて、かわいらしくないと売れない女優の世界では、この手のタイプは苦戦することだろう。

生後四十五日くらいの赤ちゃん犬と同じなのだ。未熟な愛くるしさや幼さが人気の素。嘘だと思うなら、十代後半から二十代半ばまでの女優一覧を見てみるといい。ほとんどは小柄なロリ顔美人ばかりだ。光源氏の昔から、日本人は未成熟を愛する文化をもっている。そいつは男も女も変わらない。いたいけな子犬を抱かせ、かわいさのインパクトで衝動買いさせるペットビジネスと同じだ。ナルミがいった。

「あのドラマを観ていたの？」

「いいや、朝のドラマって観たことないんだ。最初はあんたの顔もわからなかった。雰囲気が違っていたしね」

ナルミはさばさばという。

「今のわたしがほんとうのわたし。テレビドラマでなく、今は舞台のほうをがんばってる。マイペースでね」

タイトがいった。

「舞台のほうがナルミさんはすごいよ。この前の看守役なんて、怖すぎて鳥肌ものだった」

演劇はおれの守備範囲外。肝心なことをきいてみる。

「この『ペット・エガリテ』というのは」

「わたしが主宰している動物愛護のNPO。エガリテはフランス語で平等のこと。人もペットも同じ生きものとして、平等に扱おうという意思をこめたの」

リベルテ、エガリテ、フラテルニテ。自由、平等、博愛はフランス共和国のスローガンだ。モンテーニュの国らしいよな。

「それでそっちのNPOでは、到底CGペットのやり口を無視できないってことか」

「そう。CGペットでは徹底してペットを搾取(さくしゅ)している。売れ残った子犬や子猫を、彼らは自分たちの動物病院に安価に流している」

CGペットホスピタルのことか。嫌な予感しかしないがきいておいた。

「なにをするんだ？」

　横からタイトが口をはさんだ。

「新米の獣医用の手術の練習台。解剖実習なんかにも。吐き気がするよ」

　ナルミの表情はまったく揺るがない。冷静な目の奥に抑えきれない怒りが覗いている。

「飯田さんがすすめられていた膝蓋骨脱臼の手術は、ＣＧペットホスピタルのドル箱なの。小型犬は身体をちいさくしすぎて、後ろ足に無理がくることが多い。あそこで診察を受けた子犬はほぼ百パーセント、パテラの手術を勧められる。グレード１でも、無症状でもおかまいなくね」

「ちょっと待ってくれ。病院に送られる子犬って、健康なんだよな」

　うっすらと笑った。目が怖い。

「そう、あの子たちの罪はただ売れ残ったというだけ」

　嫌な世のなかだよな。おれの声は自然に低くなった。

「手術のあとはどうなるんだ？」

「筋弛緩剤や麻酔薬を打たれて、そのまま廃棄される。ＣＧペット霊園にはおおきな集団墓地があるらしい」

「ほんとなのか。いくらなんでも、そんなひどいことばかりしてたら、大問題になるだろ」

「噂はあるけど、証拠がない。ペット業界の一部の人たちはCGペットの問題に気づいているの。尾長先生みたいに」

腕組みをして唸（うな）るようにいった台詞を思いだす。CGペットで購入した犬は「気合いれて診ないと」いけないのだ。

「真島さんに頼みたいのは、CGペットを告発する情報を集め、できるなら法的に処罰を与えること。ネットでの大炎上もぜひお願いしたいの。タイトくんによると、真島さんのご友人には腕のいいハッカーや池袋の街の治安を裏側で守るギャ……」

口を押さえて、ナルミがいい直した。

「実力集団がいるんでしょう」

思わず笑いそうになった。Gボーイズをそんなふうに呼ぶやつは初めてだった。

「ギャングでも、暴力装置でもいい。おれはタダだけど、あいつらをつかうのはそれなりに金がかかるよ」

「わたしにも貯金があるし、最近は動物愛護に関心が高まって寄付も多いから、だいじょうぶ」

ちょっと表情が曇った。ナルミは効果抜群の上目づかいでいう。

「一千万円単位ということはないよね」

「ああ、だいじょうぶ。おれのほうから安くしてくれるように頼むし、桁（けた）がひとつ違うよ」

「ああ、よかった。ほんとのことをいうと、あまり高いと頼めないかなあと心配してたんだ」

厳しさと天真爛漫さが同居している。これは舞台では映（は）えるはずだ。

「なるべく早くCGペットの資料を、おれのスマートフォンに送ってくれ」

そういう訳で、おれのスマホには今でも、高坂鳴美のアドレスが残ってるのだ。ちょっとあんたもうらやましいだろ。

そこから砕けた雑談になった。だいたいはペットビジネスに関する話なんだけどな。

二十分ほどして、表情のほぐれたナルミがいった。

「マコトくん、このあと時間ある？」

デートの誘いだろうか。すこしばかり胸がときめいた。

「ああ、だいじょうぶだけど」

ナルミは険しい顔でいう。

「じゃあ、敵情視察にいきましょう。タイトくんもいいよね」

「はい、あの店大嫌いだけど、マコトさんやナルミさんといっしょなら」

おれたちはそれぞれコーヒーカップをカウンターに戻すと、エアコンが気もちいいカフェから、猛暑日の路上に出た。

目白は池袋周辺では一番の高級住宅街。避暑地の高原にあるような駅舎は、あんたも知ってるよな。ナルミは日傘もささずに、目白通りを駅のほうに向かっていく。遠くからでもCGペットの看板はすぐにわかった。白地にティファニーブルーでロゴが入っている。爽(さわ)やか。

エステサロンやイタリアンが入居するおしゃれなビルの一階はガラス張り。通りに面した側にはアクリルのケージが三段×横に四個。十二匹の赤ん坊犬と猫が入れられている。活発に跳ね回る子もいれば、寝ている子もいる。

自動ドアを抜けると人工的な消臭剤の香りが強く鼻を打った。音楽はアコーディオンとギターのフレンチジャズ。白いタイルの床に白い壁。観葉植物があちこちにおかれている。広い店内の三面をケージがとり囲み、あわせて三十六匹も売られていた。安いもので三十万、価格の中心帯は五十万くらいで、なかには母親がなにかの賞を獲ったという七十万を超える「高級品」もあった。

猫は三割くらいで、ほとんどが小型犬。柴犬、ミニチュアダックスフンド、シーズー、マルチーズ、トイプードル、チワワ、ポメラニアン、パピヨンなどなど。いやはやすごい種類だよな。これだけ多彩な遺伝子の発現形をつくりだすには、どれほどの年数がかかったのだろう。ヒトとイヌの長い歴史を思った。

　店員がやってきて、すぐナルミにくいついた。色の薄いサングラスにマスク姿なので、女優とは気がついていないようだ。カフェオレ色のシーズーを指していった。

「あら、今、彼女さんとうちの子の目があいませんでしたか」

　ここで冒頭の台詞につながるのだ。おれとナルミはとてもつきあっているようには見えないだろう。雰囲気が池袋と目白くらい違う。ナルミはあいまいに首をかしげいう。

「そうかしら」

「だって、お客様がお店に入ったときから、この子ずっと目で追ってましたよ。好きになっちゃったのかもしれないな。運命かも。よろしければ、抱っこしてみませんか」

　子犬を抱かせ、衝動買いを誘う常套手段だった。女の店員がケージを開けて、慣れた手つきでシーズーをすくいあげ、ナルミに渡した。やけに元気のいい子で、白いシャツの胸で暴れている。嫌でも目がいくよな。ナルミは標準サイズ。ここでもロリ巨乳という典型的な人気パターンからはずれている。

「ほんとにかわいい」

　そういいながら、パンツのポケットからハンカチを出して、シーズーの目やにを拭いてやった。

「あら、お客様すみません」

「タイトくんも抱いてみる」

シーズーをそっと渡した。タイトは背中を撫でながら、尾長医師のようにカフェオレ色の身体を探っている。キャンと鋭く吠えて、シーズーが暴れた。

「あらー、ほんとに元気な男の子ねえ。はい、いただきます」

あわてて店員がシーズーを奪った。店内に走ったひと吠えで、鐘のようにあちこちで子犬が吠えだした。店員が別の客に呼ばれていってしまうと、タイトがいった。

「この子もパテラです。さっきのチワワよりわるいかも。軽くふれただけなのに、すごく痛がってました」

ため息がでる。かわいさに目がくらんだ客には、障害のことなどわからないだろうと、平気な顔で子犬を売っているのだ。そのとき、バックヤードから若い男の店員がやってきた。ティファニーブルーと白の太いストライプ半袖制服。ナルミを見ると、ほんのすこしだが顔色を変えた。会釈して近づいてくると、商売用の笑顔を固定したまま囁いた。

「三時半に休憩に入ります。駅の改札で待っていてくれますか」

壁の時計ではあと七分。ナルミは目配せを返しただけ。タイトがスパイのようにおれの目を見ていった。

「初日から今回は忙しいね、マコトさん」

なにがなんだか、わからないまま、おれはうなずいた。おれみたいに単純な人間には、ペットビジネスの闇は深すぎるようだ。

大学の授業が終わったのだろうか、午後三時の目白駅は大学生でにぎわっていた。女子学生の太ももは日光を浴びて、凶器のように輝いている。生後八週のシーズーにも、若い女の太ももにも人の人生を変えてしまう力があるって話。

おれたちは改札前の日陰で待っていた。

「さっきのやつ、どういう関係？」

ナルミはさっと盗むように笑った。

「CGペットの内部協力者。西沢翔太（にしざわしょうた）さん」

「なんの話があるんだ？」

ナルミが肩をすくめた。肩をすくめるのが絵になる日本人もいるのだ。

「それはわからない。突然、声をかけられたので。でも、なにか大切な件だと思う」

確かにおれもそう思う。動物愛護NPOへの協力がばれて、消されそうになっている
とか。おれは夏のかげろうに揺らめく駅前を眺めながら、CGペット内部のKGBがあ

の若い男に放射性物質をのませる場面を空想した。ロシアの暗殺のルーティンだ。怖いよな。

西沢が交番の前をとおって、こちらにやってきた。制服のうえにネイビーのウインドブレーカーを羽織っている。立ちどまらずに、ひと言。

「改札を抜けて、駅のなかのカフェにいきましょう。会社のやつに見られたくないんです」

ますます怪しい。確かにこのあたりのカフェでは同僚の目にふれる危険性があった。ほんもののスパイみたい。おれたちも西沢に続いて、パスモで駅構内に入った。ホームに降りる手前には広々としたコンコースがあり、カフェや売店が開いている。

さて、今度はどんな嫌な話なんだろう。おれはいちおう覚悟を固めて、カフェに入っていった。

壁際のハイテーブルを四人で囲んだ。西沢はカフェの入口に背を向けている。それよりもおれが驚いたのは、やつの目がうっすらと赤くなっていたこと。ぶちまけるように若い店員がいった。

「もう耐えられないです。あんな店、明日にでも辞めてやる」

　ナルミが手で制していった。

「ちょっと待って、いったいどうしたの」

　西沢はようやくおれに気づいたようだった。

「そちらの人は？」

「うちのNPOでCGペットの告発をすすめているんだけど、その協力者で真島誠さん。池袋のGボーイズ関連の人よ」

　興味深そうな顔になる。クルーカットの好青年という感じ。

「学生時代に噂をきいたことがあります。かなり危ないことをするって。でも、正義の半グレなんだっていってました。そうかGボーイズの人なんだ」

　半グレ？　そいつはさすがにおれのプライドが許さない。

「いや、ちょっと待ってくれ。おれはGボーイズのメンバーじゃないよ。あいつらだって、別に半グレじゃねーし」

　まあ、ギャングボーイズなんだけどな。ナルミがなだめるようにいった。

「まあまあ、マコトくんがうちの協力者であるのは確かよ。腕のほうはタイトくんの保証つき。それより西沢くん、どうしたの。顔色がわるいよ」

　おまけに目も赤い。情緒不安定なペットショップ販売員？　西沢は吐き捨てるようにいう。

「クーラーボックスのせいですよ」

意味不明。おれたち三人は黙って、続きを待った。

「あの店のバックヤードには、大型のクーラーボックスがおいてあるんです。店のイメージカラーと同じ青と白の」

そういうと西沢は制服の胸をくしゃくしゃにつかんだ。

「こんなもの引き裂いてやりたい」

タイトはでたらめに敏感で、すでに顔面蒼白だった。すぐに相手の感情に巻きこまれるのだ。意味はわからないが、きっとひどいことなのだろう。そっと船を岸から離すようにきいてみる。

「そのクーラーボックスでなにをするんだ?」

タイトの泣きそうな声。

「あーもう嫌だ」

西沢は引きつるように笑った。

「昨日の夜、うちの店長……中崎(なかざき)っていうんですけど……が、売れなかったマルチーズを入れていたんです。餌に睡眠薬を入れて眠らせてから。フタはしっかりとロックしていました」

まだ意味がわからなかった。子犬をクーラーボックスに入れて密閉する？　どういうことなんだ。西沢の目は血走っている。

「ぼくが見ているのに気づいた店長がいうんです。うちの店ではこいつらの寿命は六カ月だって。かわいくなくなれば、もう売れない。売れても、値段はだだ下がりだって」

口にしたくないが、どうしても確かめずにいられなかった。

「その子犬はどうなるんだ？」

「今朝には窒息死していた。店長はマルチーズの死体をゴミ袋に入れて処分していました。ぼくを慰めるようにいうんです。ペットはクリスマスのケーキと同じだ。時期がすぎたら、商品価値はない。いつだって赤ちゃんの犬や猫がいるから、お客さんはうちにきてくれる。かわいくなきゃ駄目なんだ。おまえもこの仕事を続けていきたいなら、これができなきゃいけない。毎月給料もらってるんだろ。仕事だと思って、割り切るんだ」

割り切って、仕事として、子犬を殺すのか。おれは西沢を見ていられなかった。洟（はな）をすすり、泣いている。

「ぼくは動物が好きで、お世話ができたらうれしいと思って、一生の仕事としてＣＧペットを選んで、就職しました。でも、この会社はとても人生を託すなんて、無理みたいです。割り切るなんてできませんよ。前の日にあの子に餌をやって、水を替えたのは、ぼくなんです。人懐（ひとなつ）こいいい子だったのに」

おれももらい泣きしそうになったが、おれにだって仕事がある。泣いて済ます訳にはいかなかった。

「そのクーラーボックスはCGペットのどの店にもあるのか」

「ええ、あります。ほかにもっと良心的な店もあるのに、どうしてCGなんかに入ってしまったのかなあ」

しおれた切り花のようにうなだれた西沢から、タイトに視線を移した。

「さっきCGペットホスピタルの話をしていたよな。売れ残りを若い獣医の腕試し用に横流ししているって」

生体解剖に、膝蓋骨脱臼手術の練習台。あんたが店先でかわいいと叫ぶ子犬たちの恐ろしい未来のひとつだ。クーラーボックスと練習台、どちらがマシだろうか。子犬を待つ地獄の多彩さを思わない訳にはいかない。

「そうだよ。CGペットホスピタルは急拡大で、人手が足りないんだ。経験のある獣医はすくないから、すぐ現場でつかえるようにするため、無茶をしているんだって。獣医学部のあるところなら、どの大学でも有名なんだよ」

ナルミが口を開いた。窓から七月の日がさすカフェの空気が重い。

「売れ残りでも姿、形がいい子は繁殖用にパピーミルに連れていかれる」

パピーは子犬で、ミルは工場のことだが、正確には製粉所だ。

「そこで繁殖犬として、果てしなく出産を強要される。動物愛護法では出産は六回までと制限されているんだけど、CGブリーダーの評判はわるいの。提出する書類を改竄していているんじゃないかって。発情期がくるたびに交配させられてるって噂。あそこのブリーダー出身の子は、障害や病気のある子が多いんだ」

そうか、売れ残りは運よく生き残っても、身体が粉になるまで子どもを産まされるのか。「イカゲーム」どころじゃない。おれたち通行人がかわいいと微笑ましく見つめるペットショップは、透明なアクリル板で囲まれたデスゲームの一大スタジアムなのだ。

このかわいくて残酷な世界。ビジネスという名のもとに、命を日々売買しているおれたち人間。おれはもう二度とこれまでと同じ目で、ペットショップを見られないだろう。

ナルミが目を光らせていう。

「マコトくんにはCGペットの悪事のすべてをあばいてもらいたい。もちろん、うちのNPOも全力を尽くす。誰かがとめないと、あの店の子たちは、地獄に残されたまま」

西沢がいった。

「ぼくにも手伝わせてください。あの会社にダメージを与えることなら、なんだってよろこんでやります」

「ありがとう。だったら、厳しいことというようだけど、お願いしてもいいかな」

「はい、なんでもどうぞ」

ナルミは一瞬ためをとった。台詞を強調するときの演技法のひとつ。

「西沢くんにはわるいんだけど、もうすこしCGペットにいてもらえるかな。わたしたちは内部情報がもっと必要なの。無理にとはいえないけど」

毎月のように子犬がクーラーボックスに密閉される職場を考えた。おれのやわな神経でもつのだろうか。西沢がすごい勇気を見せた。

「わかりました。じゃあ、みなさんの告発の準備ができるまで、あそこにとどまります。ぼくはなにをすればいいですか」

おれとナルミは目を見あわせた。

「まずクーラーボックスの写真を撮っておいてくれ。スマートフォンで十分だから。あと、その子が入ったゴミ袋はまだあるよな」

「ええ……冷蔵庫のなかに」

タイトがキャッと声をあげた。気分はおれも同じ。吐き気がする。

「きついと思うが、その写真も撮っておいて欲しい」

タイトがいった。

「あそこにいる子たちのデータをできるだけ。出生地、ブリーダー名、週齢、血統書、もうなんでもいいです。できたらデジタルのデータをコピーできたらいいけど」

「わかりました」

西沢には内部から、ゼロワンには回線をつうじて、情報を抜いてもらおう。だんだんと今回の件の全貌が見えてきた。ＣＧペットグループが巨大すぎて、まだまだ調べなきゃならないことが多かったけどね。

西沢が腕時計を確かめていった。

「そうだ、この前、夜に店をでたところで声をかけられたんですけど」

ナルミが顔をあげた。

「へえ、誰かしら」

「小柄な女の人で、高坂さんの友人だといっていました。やはり動物愛護活動をしているって」

ナルミの顔色が変わった。

「すごくきれいな子よね。目がペルシャ猫みたいにおおきくて」

タイトが険しい顔で、ナルミを見た。舞台女優がうなずき返す。

「自分たちの団体にも協力してもらえないかって、いっていました。名前は……」

かすれた声でナルミがいう。

「関戸和沙」

「ええ、その人です。ぼくはそろそろいかなきゃいけないんですけど、関戸さんはどうしたらいいですか」

「うーん、むずかしいな」

どういう関係かまるでわからない。同じ動物愛護をメインにしている団体なら、どう考えても味方だろうが。しばらく考えてナルミがいった。

「関戸さんには情報を小出しに流して、関係をつないでもらえるかな。それで彼女のところで、つぎにどんなことをやろうとしているのか、探って欲しい。ただね……」

おかしな間が空いた。

「彼女のところはすごく危険だから、うんと慎重にね」

危険な動物愛護団体？　猛獣トイプードルみたいな感じ。

「わかりました。じゃあ、ぼくはこれで失礼します」

西沢はさっと席を立つと、カフェの店内を一瞥し、同僚がいないのを確かめて出ていった。

おれの愚痴は本心だ。

「ペットビジネスって、ほんとに闇が深いんだな。今日は驚きの連続だ」

ナルミは疲れた顔でいう。

「ええ、ほんとに。もうペットなんてすべて禁止しちゃえばいいのにって思うこともある。強欲な人が多すぎてね」

タイトがいった。

「ほんとにそうだよ。売る側のペットショップも、買う側のお客も強欲なんだ。愛玩するとか、かわいがるってことの意味を、もっと真剣に考えたほうがいいよ」

おれは気になっていたことをきいてみた。

「関戸和沙って、誰？」

「わたしの昔の女優仲間。朝の連続ドラマで、親友役をやってくれたのが出会いだった。わたしたちはなぜか話があって、考えることも似ていた。男の子の好みなんかも。わたしが動物愛護にとりくみ始めると、カズサもいっしょになってがんばってくれた」

ナルミにしては、どうも歯切れがわるかった。

「今は？」

「わたしたちの道は分かれてしまった。今、カズサは別な団体で激しい活動をしている。関西で悪質なブリーダーやペットショップを襲撃したり、県の動物愛護センターに忍びこんで、犬たちを解放したり、殺処分機を壊したりね」

おれの声は悲鳴のよう。

「ちょっと待ってくれ。今、なんていった？」

ナルミの顔が能面のようになった。

「殺処分機」

タイトは顔を伏せている。ナルミがいった。

「地方自治体が運営してる動物用のガス室のこと。二酸化炭素を吸わせて、命を奪う。もう昔と違って、毎年何万匹も処分されることはなくなったけどね。まだ残っているの」

タイトがぼそりという。

「二〇二〇年で犬が四千匹とすこし」

「わたしたちはペットの殺処分ゼロを求めて活動をしている。カズサのところも同じ目的を掲げているけど、実力行使をするようになってしまった。こんなに世のなかが変わらないなら、力で無理やり変えてやるって。昔からわたしなんかより、純粋で正義感が強い子だったんだ」

「そっちの団体の名は?」

「きいたことあるんじゃないかな。『レッド・ファング』っていうんだけど」

ネットニュースだか、週刊誌だかで、確かに読んだ覚えがあった。動物愛護の過激なテロリスト集団「赤い牙」。そんな見出しが躍っていた気がする。

「カズサがCGペットに目をつけて動いているなら、もう時間はあまりないのかもしれない。わたしたちも急がないと」

「わかった。おれのほうでもGボーイズや顔見知りのハッカーに話をとおしておく。とにかくCGペットの情報をどんなくだらないものでもいいから、残さずおれに送ってくれ」

おれたちは日ざしが夕方の色に変わる頃、目白駅で別れた。だが、まだまだ甘かったのだ。

翌日、CGペット目白店が謎の集団に襲撃されることになる。中崎店長はぼこぼこにされ、子犬や子猫をバックヤードに移したあとで、高価なアクリルケージは破壊された。目白通りでは数百枚のビラが配られ、店のガラスにもびっしりと貼られていた。

なんのメッセージかって?

そのビラには青と白のクーラーボックスと、半透明のゴミ袋のなかで丸まったマルチーズの写真が刷られていたのだ。

誰が写真を撮ったのか、その写真を撮るようにいったのは誰か。

ここまで話をきいたよい子なら、誰にでもわかるよな。

目白駅前で池袋の王様と待ちあわせした。

改札前の広場でタカシはボディガードに囲まれ、夏の日ざしのなか立っていた。気温は三十三度ちょい手前。湿度七〇パーセント。さすがにマハラジャのようにおおきな日傘をやつにさしかけるGボーイはいなかった。おれが近づいていくと、ボディガードはよく躾(しつ)けられた狩猟犬のようにタカシから距離をとる。新品のオーバーサイズ白Tを着たキングは、さらりと乾いた削りたてのかき氷のような声でいう。

「ここからは、マコトとふたりだけのほうがいいんだろ」

何度か顔を見たことのある副官がいった。

「ちょっと待ってください、タカシさん。せめて、ひとりくらいは……」

キングが片手をあげて副官を制した。

「ペットショップの視察にいくだけだ。危険なことはなにもない。終わったら、連絡する」

「わかりました、キング。おまえら、いくぞ」

三人のボディガードと副官が目白通りに停められたＧＭＣの大型ワンボックスに移動していく。おれはタカシにいった。

「歩きながら、昨日の電話で依頼した件の復習をしよう」

キングの声は透きとおった氷みたい。

「内容なら覚えているが、おまえが頭のなかを整理したいというなら、つきあう」

完璧主義でナルシシストの王様。

「はいはい、おれのおさらいにつきあってくれ」

池袋の王様を先導して、ＣＧペット目白店を目指し歩き始めた。依頼人の動物愛護団体とその代表の舞台女優の話。これから調べるはずだった店がいきなり襲撃されたこと。ばら撒かれたビラの写真は内部協力者に、おれが撮っておいてくれと頼んだものであること、などなど。

ＣＧペットまでは、ほんの百五十メートルほどしかないので、簡単な要約をするうちに到着してしまう。タカシが一段と冷えこんだ声でいった。

「あそこの店だな」

規制線に張られた黄色いテープには、立入禁止、警視庁、KEEP OUTと繰り返し刷られている。CGペット目白店の周りを囲み、歩道の半分くらいが立入禁止区域になっていた。番犬のように若い警官がひとり立っている。野次馬が数人。

「これはなかなかだな」

キングの興味を引いたようだ。ショップのガラスは割られ、自動ドアはレールをはずれ、斜めに壁にもたれている。ペット用のアクリルケージは引き倒され床一面に散乱し、観葉植物の鉢植えは叩き割られ、内臓のように濡れた土を白いタイルに漏らしている。通行人がこわごわと襲撃現場を覗きこんでいた。

「ちょっと待ってくれ」

おれはジーンズの尻ポケットからスマートフォンを抜いて、ビデオ通話に設定しゼロワンにかけた。この時間に待機しておくように連絡しておいたのだ。北東京イチのハッカーは襲撃には興味津々で現場を見たがったが、池袋から目白まで山手線ひと駅の移動も嫌だという。まあ、東池袋のデニーズはやつの孤独な砦みたいなものだからしかたない。ゼロワンのスキンヘッドが映ると、おれはいった。

「タカシときてる。挨拶するか」

　ゼロワンのガス漏れ声はそっけない。

「必要ない。それより現場を見せてくれ」

　タカシが苦笑していた。池袋の街でキングに直接必要ないといえるのは、おれかこいつくらい。野次馬に交じって、荒らされたペットショップを映してやった。

「店のレジとかパソコンとかないのか」

　その手のものは、すべて片づけられたか、襲撃者によって運びだされているようだった。

「見あたらない」

　三分ほど現場から中継すると、ゼロワンがいった。

「もういい。切るぞ、マコト」

　おれが返事をする前に、通話は切れた。現場軽視。ゼロワンはいい刑事になれそうにない。キングが愉快そうにいった。

「ゼロワンは変わらないな。これをやったのが、『レッド・ファング』なんだな」

　赤い牙はおれたちの依頼主・高坂鳴美が代表を務める動物愛護団体「ペット・エガリテ」から分派した、より過激な団体だという。そっちの代表は、ナルミの女優仲間だった関戸和沙。まだおれもカズサとの接点はなかった。

「そう、動物愛護のテロリスト」

二十一世紀はおもしろい時代だよな。どんな正義でも掲げる過激なテロリストがいる。そのうちアニメだとかラーメン反対のために爆弾を使う輩(やから)が出てくるかもしれない。時代の必然というやつだ。

冷水機の水のような目で、荒らされたペットショップを眺めていたタカシがいった。

「ここの店長が売れ残りのマルチーズを窒息死させたんだな」

「そうだ、睡眠薬をのませ、クーラーボックスに放りこんだ」

店長の名は中崎。まだ要町の病院に入院中。残念ながら軽傷らしい。キングの声が絶対零度に近づいた。

「おれとしては牙のほうを応援したいくらいだな」

おれはあわてていった。

「タカシが『レッド・ファング』につくなんてやめてくれ」

「わかってる。ビジネスだからな。先約を守るさ。だが、おれとしては手っとり早くCGを罰してやりたい気分だな」

池袋のキングのフライング気味の裁定だった。Gボーイズをいらだたせないほうがいい。今回の件はできるだけスピーディな決着を優先させよう。

そのとき、店のバックヤードからティファニーブルーの制服を着た西沢が箒とちりとりを手に出てきた。おれの顔を見ると一瞬表情を変える。

おれは西沢にちいさくうなずいて、スマートフォンを抜いた。ラインで短いメッセージを送る。

（昨日のカフェで待ってる。いつ抜けられる？）

時刻は遅いランチアワーだった。やつは鉢植えからこぼれた土を箒で掃いていた。おれの着信に気づくと、すぐに返事が戻ってくる。

（十五分で）

おれはキングにいった。

「アイスコーヒーでものもう。おれのおごりだ。タカシに内部協力者を紹介する」

タカシはかすかに興味深げな顔をした。

「マコトとの仕事は展開が早くて、いつもおもしろいな」

サンキューといった。そのためにいつもこちらはがんばっているのだ。王様にはわからない庶民の苦労だ。おれは荒らされたCGペットのショートムービーを、ナルミとタイトに送って、砲撃を受けたようなペットショップを離れた。

西沢が制服のうえにウインドブレーカーを羽織って、目白駅構内のカフェにやってきたのは十八分後だった。タカシは待つことが苦にならないらしい。スマートフォンもいじらずに、穏やかに冷えた目で天窓から斜めにさす午後の日ざしを眺めている。

やつは昨日よりもさらにおどおどしていた。タカシを疑うように見る。

「遅くなってすみません。あの……マコトさん、こちらの人は？」

おれはタカシの高貴な身分を明かしてやった。

「Gボーイズのヘッドで、おれの友人。安藤崇だ。もう『ペット・エガリテ』の依頼を受けてる。隠すことはなにもない」

タカシはデザイン用カッターの先ほど薄く笑った。

「学生時代に噂をきいたことがあります。タカシさんって、池袋のキングで有名人なんですよね」

刃先ほどの薄い笑いが、あと二秒継続した。キングには忍耐の限界。おれはいった。

「あのクーラーボックスの写真は、どうして牙のほうに流れたんだ？」

西沢がハイテーブルに額がつくほど、低くさっと頭をさげた。

「すみません、でもどうしようもなかったんです」

「話してくれ」

ちらりとタカシを見てから話し始めた。

「昨日の仕事帰り、声をかけられました。『レッド・ファング』の関戸さんと、見たことのない男がひとり。目白通りにクルマを停めてるから、すこしだけ話をさせてくれって。高坂さんには関係をつないでといわれていたので、クルマに乗りこみました」

タカシとおれは目を見あわせた。

「そういうとき、つぎからは衆人環視の場所にしてくれ。で、どうなった？」

西沢はウインドブレーカーの内ポケットからスマートフォンをとりだした。保護フィルムに一本のひび割れが斜めに走っている。昨日はなかったひびだ。

「ぼくはまだあのマルチーズの男の子のショックから立ち直っていませんでした。それで中崎店長の話をしていて、怒りのあまりつい証拠の写真も撮ってあると口を滑らせてしまいました。マコトさんから頼まれていた例のクーラーボックスと半透明のゴミ袋のなかでかちかちに固まっていたあの子の写真です」

西沢は口をへの字に結んで感情を抑えている。タカシの声は氷のように冷たいが、同時に優しかった。

「それで、やつらはどうした？」

「関戸さんが、その写真今もっているのかときいてきました。うなずくと、いきなり隣に座っていた男が動いて、ポケットからぼくのスマートフォンを抜きました。背はそんなに高くないけど、ものすごい力だった。手首をぐっと摑まれて、シートに押しつけられると、身動きがぜんぜんできないんです」

そいつはなにか特殊な格闘技でもやっているのだろうか。タカシは涼しい顔できいている。

「それで指紋でロックを解除された?」とおれ。

「そうです。やつは例の写真を関戸さんに送ると、スマートフォンを投げてよこしました。手が滑ってとれなくて、シートベルトの金具にあたって、このひび割れができたんです。買い換えたばかりなのに」

ついていないのは確かだが、自業自得。おれはいった。

「すぐにスマホから写真を削除しておいたほうがいい。警察がきっと調べにくる。あの写真は内部にいる人間しか撮れないからな。あんたはなにをきかれても、知らないわからないでいい」

スマートフォンが発火したかのように、西沢はあわてて操作を開始した。写真と送信記録を消すと、ようやくおれの顔を見た。

「もしこのことが警察の人たちにばれたら、ぼくがしたことは犯罪になりますか」

死んだマルチーズよりも、自分の心配をしている。まあ、新卒でペットショップに就職したばかりのフレッシュマンだから、しかたないか。

「ばれないから、だいじょうぶ。普通にしていればいいさ。ばれても、別に犯罪にはならないと思う。無理やりあの写真は奪われた。怖くなってすぐに写真は消去した。そういっておけばいい。何度か話をきかれるだろうが、それでおしまいだ」

刑事に話をきかれ、何度も取り調べを受ける。それでも有罪にもちこめるような有力な証拠が見つからず放免される。おれもタカシも高校時代から、その手の貴重な経験を何度かしていた。

「……そういうものなんですね」

「そういうもんさ。警察だって万能じゃない」

西沢はひと安心したようだった。

「じゃあ、こっちのほうもだいじょうぶなのかな」

ポケットからなにかをとりだした。USBメモリーのキャップは、子犬の足になっている。茶と白のぶち柄。CGペットのロゴ入り。

「うちの店のパソコンから、情報を吸ってきたんですけど。こっちは窃盗罪になりますよね」

おれはテーブルに置かれたメモリーをつまみあげた。その手の話なら、もうずいぶん昔にゼロワンに確認済み。

「ふふ、日本の法律ののろさに感謝しとこう。この国じゃあ、どんなに貴重な情報でも、電子的に記録された情報自体を盗むのは罪にならないんだ。そいつが印刷されてると、紙を盗んだってことで有罪になるんだけどね。情報は財物に含まれないのさ」

隣に座っていたタカシの温度が変わった。

「そいつはほんとうか？　昭和の法律がまだ生きてるのか」

おれはうなずいて、西沢にいった。

「このUSBメモリーはCGペットの備品かな？」

「……ええ、そうですけど」

「じゃあ、中身を吸いあげたら、空っぽにしてあんたに返すよ。メモリーの窃盗で逮捕されるなんてチンケな罪じゃあ、気の毒だから」

池袋のキングが粉雪が降るくらいの声で静かに笑いだした。おれも笑った。最後には西沢も笑いだした。なあ、子犬を平気で殺すような残酷で間抜けなやつらをはめるのは、実に楽しいもんだよな。

タカシとは目白駅で別れた。やつはGボーイズのクルマで送ろうかといったが、おれは断った。すこしひとりで歩きながら考えたい。事態の展開が急なのだ。おれは明治通りを池袋に戻りながら、今回の依頼主に電話した。

「はい、高坂です。マコトくん？」

「ああ、おれだ。店の様子は見てくれたかな」

「ちょっと待って、廊下にいく」

稽古中なのか、背後に複数の人のざわめきがきこえた。

「すごい荒らされかただったね。怪我をした店長はだいじょうぶなの」

「全治二週間から四週間」

舞台女優の声が跳ねあがる。

「牙もひどいことしたんだね」

おれはわざと笑ってやった。二枚目の笑い声をたっぷりきかせてからいってやる。

「いや、たいしたことはないさ。骨折がなくて打撲と内出血だけだと、医者の診断書はだいたいそうなるんだ。あんな店長に同情することはない」

「マコトくんて、おもしろいね」

つきあう可能性のない美人にはだいたいそういわれる。おれは西沢の件を報告した。スマホの写真を無理やり奪われたが、うまくCGペットの情報を盗みだしてくれたこと。

「これから、昨日話したハッカーのところにいって、その情報を解析してもらう。あと牙のことを調べてもらってもかまわないか。すこし料金は高くなるけど」

「ええ、それでいいよ」

気前のいい依頼人ていいよな。早くも黄金色に変わりだした西日を受けて、おれは汗だくのまま東池袋に向かった。

ファミレスの冷房で生き返る。おれはゼロワンのおごりで、期間限定のデザートを頼んだ。陽だまりレモンのミニパルフェ。ハッカーは愉快そうな顔をして、おれの注文に乗った。池袋イチのトラブルシューターと北東京イチのハッカーが、向かいあってパルフェを頰ばる絵を想像して欲しい。東京っておかしな街だよな。

おれは西沢から預かったUSBメモリーをテーブルに置いていった。

「こいつの中身を吸いだして、情報が復元できないように完全に空っぽにして、返してくれるか」

ゼロワンはCGペットのロゴを見ている。

「あの店の情報か」

「そうだ。抜きたてほやほや」

　ゼロワンはガス漏れ声で笑いながら、二台あるノートパソコンのひとつにメモリーを挿した。

「ちょっと待ってろ。空っぽにして戻すのもいいが、すこしいたずらをしたいんだが、かまわないか」

　クリエーターには自由を与えないと、いい仕事はできない。

「ああ、いいよ。でも、なんの情報を入れるんだ？」

　吸いだしは一瞬で終わり、すでに上書きされているようだった。ゼロワンは無表情のまま、おれのほうにディスプレイを向ける。雄馬とやっている中年の白人女性が映っていた。

「適当に選んだ動物虐待のビデオを入れておいた。上書き、削除不可のコマンドつきだ。映像の吸いだしは可能だが、そいつのパソコンにはこの映像が流れ続ける」

「止められるのか」

　にやりと笑って、ゼロワンがいった。

「ああ、おれ並みの腕があるやつならな」

　目白署に押収されたＵＳＢメモリーから、無限に垂れ流される猥褻（わいせつ）映像を考えた。気の利いた趣向だ。ゼロワンがいった。

「それから、もうひとつ。『レッド・ファング』の概要と、ここ何年かの活動記録を調べておいた。おまえのスマートフォンに送っておく。有名なのは二年前に起きた京都のペットショップ連続襲撃事件だな」

できるフリーランサーを知ってると、ほんと役に立つよな。役人や会社員では、まずこんなに気が利かない。

「おーありがとな、ゼロワン」

「料金は別だ。気にするな」

もちろん、おれは気にしない。おれの財布じゃないからね。ミニパルフェをたべ終えると猥褻メモリーをもって、おれはゼロワンの事務所を離れた。

ぶらぶらと人で混みあう池袋駅を抜けて、ウイロードから北口に出たところだった。空はそろそろ本格的な夕焼けだ。

「真島誠さん？」

背後から声をかけられた。女の声。高くて澄んでいて、きいただけで顔面偏差値の想像がつく。おれが振り向くと、小柄な女が立っていた。黒のMA‐1タイプの薄手のブルゾンに、でたらめにスキニーなジーンズ。背後には中肉中背の男。ワイドなチノパンに、肩が落ちたビッグシルエットのTシャツ。首筋や上腕は引き締まり、かなりのアスリートであることがわかる。コンビを見た瞬間に気づいた。こいつらが西沢からあの写真を奪ったやつらだ。赤い牙。

「わたしは関戸和沙、こっちが吉成勢司（よしなりせいじ）。五分だけ、わたしたちの話をきいてもらえるかな」

ナルミのいうとおりだった。猫族は顔の表面積に占める目のおおきさが最大だという。ややつり気味のペルシャ猫みたいな目の存在感がすごかった。正直、顔にある他のパーツが目に入らなくなる。

「そいつはかまわないが、そっちのクルマに乗るのは勘弁してくれ」

セイジが唇の端をねじ曲げていう。

「気の利いた口をきくんだな、あんた」

自転車に乗った巡査が駅のほうからやってきた。カズサの雰囲気が微妙に変わる。

「ちょっと場所を変えよう」

駅に向かう人の流れに逆らって、おれたちが移動したのは北口の先に広がる駐車場だった。再開発が途中で止まったのかもしれないが、駅の近くの一等地にこんな雨ざらしの駐車場があるってのが、池袋らしいよな。

おれたち三人は、錆びたガードレールに腰かけた。おれはいう。

「さっきペットショップを見てきたよ」

荒らしまくられた店内。被害額は相当のものだろう。

「よく現場近くのこんなところで、のんびり話なんかできるな」

度胸がいいのか、いかれているのか、おれなら部屋にこもって静かにしている。カズサはにこりと笑っていった。

「だって、わたしたちはなにもしていないから。アリバイだってちゃんとあるし」

発声練習を積んだ声だった。ちいさくてもよく響くし、きちんと言葉がききとれる。

「どういうこと?」

「『レッド・ファング』はISなんかと同じ。わたしが代表だけど、行動を起こすのはそれぞれの細胞で、わたしが命令する訳じゃない」

新しいタイプのテロ組織か。

「西沢の写真を奪ったのは、あんたたちだろ。現場にはあの写真入りのビラが撒かれていた。ネットでもな。それでも関与していないのか」

カズサの笑みにゆるぎはない。

「そう、わたしたちは情報を流すだけ。それにどこかの細胞が勝手に反応して、ああいうことが起きる。今回は写真の内容がひどかったから、反応も激しかった。もしかしたら別な細胞が他のCGを狙うかもしれない。わたしたちにもわからない」

そういうことか。仮に警察がこいつらに事情聴取しても、捜査はかなり難航しそうだった。命令も教唆もしていないのだ。

「で、おれに話があるって、どんな話？」

カズサがおれの目を見る。吸いこまれそう。

「真島さんがこの街では有名なトラブルシューターであることはわかってる。料金をとらず、依頼人とは自由な立場にいることも。今はナルミ姉さんの仕事を受けてることもね」

カズサをはさんで腰かけるセイジが周囲を警戒していた。警戒というよりなにかトラブルの種でも楽し気に探している感じ。腕自慢か。

「ナルミ姉さんとわたしの目的は同じ。今はとにかく山口のところの評判を地獄の底まで堕とすこと」

揺りかごから墓場まで、ペットの誕生から死まで、すべてをマネタイズする八つのグループ企業体。敵は巨大だった。

「まあ、そういうことだな」

カズサがこちらにぐっと身を乗りだしてきた。五百円玉くらいだった目が、ピンポン玉くらいでかくなる。目力バツグン。

「だったら、わたしたちの依頼も同時に受けてもらえないかな。こちらのもっているCGの情報も流すし、真島さんにはプラスになることがたくさんあるはず」

驚いた。動物愛護テロリストの代表から依頼を受けた。カズサはいう。

「ただし、ナルミ姉さんのところには、わたしたちと組んだということは秘密にしておいて欲しい」

「どうしてだ？」

「ナルミ姉さんはスポットライトのなかで輝く人なんだ。汚れ仕事はわたしたちがやるし、あの人をトラブルに巻きこみたくない。警察とかもろもろね」

おれはじっとカズサの目を見ていた。どうやら本心のようだ。人の目ほど鋭い嘘発見器はない。尊敬する先輩か。赤い牙の代表は本心を伝えてくれた。即答するしかない。

おれは単純で、過度にリスクをとる悪い癖がある。

「わかった、あんたたちの依頼も受けるよ。ナルミには黙ってることにする」

「ありがとう」

カズサの目に見つめられてきく五文字は威力絶大。セイジがいった。

「西沢にスマホで写真を撮らせたのは、いいアイディアだったな。今度はあんたが現場を踏まないか。明日の予定はどうなってる？」

うちの店は週の真んなかの水曜が定休日。月に二回は火曜も休みになる。

「うちの店は休みだけど」

セイジがにやりと笑った。

「じゃあ、おれたちとドライブ旅行にいかないか。目的地は〇〇県」

残念ながら〇〇県がどこであるかは、ここでは書けない。そこが犯罪現場になったんでな。それにあの恐ろしいガス室。あの光景は死ぬまでおれの記憶から消すことはできないだろう。今でも見なければよかったと思うし、同時に見ておかなければいけないとも思う。その話はまたあとでたっぷりな。

その夜はいきなり洪水のようになだれこんできた情報を整理して過ごした。最初はショパンの「子犬のワルツ」をきいたが、明る過ぎるので「夜想曲集」に替えた。たいていは夢見るようにロマンチックだが、なかには墓穴を覗きこんでるように暗いものもある。遺作の第二十番とかな。かわいいけれど、ひどく不気味で残酷。
おれは半透明のゴミ袋のなか、かちかちに身体を丸めていたマルチーズの死体を思いだした。そんなことばかり考えていたら眠れなくなる。ペットと人の関係を考えた。多くのペットは長年の交配によって、人が望むように命の形を変えてきた結果生まれたも

のだ。人の望みのわがままさ、身勝手さを感じない訳にはいかない。

もし圧倒的に知力やテクノロジーが優れた宇宙人がやってきて、有無をいわせずヒトにその手の交配実験をしたら、あんたならどう思う？　身長三メートル五十のグレート・ピレニーズみたいな人間、身長六十センチのティーカップ・プードルみたいな人間。猛烈に歪んだ肉体的特徴で型にはめられた人類は、宇宙人に愛玩されて生きるのだ。

ＳＦ映画のいいテーマになりそうだが、絶望的な気分になるので、おれは想像力をシャットダウンしてふて寝した。

つぎの朝は、午前五時半にウエストゲートパークにいった。犬の散歩とジョガーが少々。夏の朝の空気は澄んで、こんな副都心でさえ吸いこむと肺のなかが青くなりそうだった。バス乗り場の端に、黒いニッサン・セレナが停まっていた。まだ新車のようだ。

おれが近づいていくと、スライドドアが開いた。運転席からセイジがいう。

「乗ってくれ。首都高が混む前に、東京を抜けたい」

「わかった」

助手席のカズサに声をかけた。

「おはよう」

「おはよう、真島さん」

　後部座席に乗りこみながらいう。

「マコトでいい。そっちもセイジとカズサでいいよな」

「おまえ、距離の詰めかたが早いな。おれはそういうの嫌いじゃないが。いいレスリング選手になったかもしれない」

　おれはセイジの太い首を見ていった。

「アマレスでもやっていたのか」

　セレナを首都高の北池袋入口に転がしながら、振り向かずにやつはいう。

「ああ。オリンピックには届かなかったが、インカレの関東大会では二度優勝したよ。マコトのダチにはすごいやつがいるんだってな。Gボーイズの安藤崇とかいう。そいつとはいつか手あわせ願いたいな」

　腕自慢の筋肉バカがたくさん。タカシにはいい迷惑だろう。

「キングは強いし、馬鹿みたいに速いよ」

「おれの片足タックルとどっちが速いかな」

　もちろんタカシだといいそうになったが、これから先二時間以上のドライブを考えて、おれは口を閉じた。

関越自動車道のサービスエリアで朝食にした。

平日の朝なので、テーブルは三割ほどの埋まりぐあい。おれは冷やしたぬきそばとおにぎりひとつ。カズサは辛口のガパオ。セイジはサラダチキンが載ったサラダに、持参のプロテインドリンクだった。

「今日の予定は？」

おれはまだ今回の遠征の目的について、なにも知らされていなかった。カズサがいった。

「午前中は○○市のペットショップを視察します。ケージのおおきさや展示してるペットの週齢など、動物愛護法をきちんと守っているかどうか。違反があれば、あとでお店に勧告するし、あまりにひどいようならこの地方の牙の細胞に注意喚起をします」

「そうすると、ときにペットショップ襲撃事件が起きる」

カズサは猫の目で笑っていう。

「そう、わたしたちの関与しないところで」

おれたちは笑った。セイジがいった。

「午後イチで、県の動物愛護センターにいく。マコトにも動物愛護の現場を見てもらいたいからな。あまり昼めしはたくさんくわないほうがいいかもしれない」

おれはそのときまるで「現場」について知らなかった。昼めしはしっかりとくってしまったのだ。人の忠告はきいておくものだ。カズサがいう。

「それで十九時から、CGブリーダーに潜入する。十八時に餌を与えて、社員は引きあげる。こちらの細胞が調査済み。しかもワンマンオペだって、ひどい話ね。愛護法ではひとりのブリーダーで飼育できる頭数の制限があるんだけど、CGはまったく守っていないらしい」

おれは質問した。

「そいつは不法侵入？」

レスリングインカレ優勝者のビッグスマイル。

「もちろんだ。やめておくか、マコト用の手袋と目だし帽は用意してあるぞ」

なんてこった。

「鍵を壊して、不法侵入はする。だが、奪うのはCGのパソコンのなかにある飼育や出産の記録だけだ。まあ紙の資料があれば、ついでにいただく。監視カメラの映像はハードディスクごと壊すけどな」

乗りかかった舟だった。気はすすまないが、おれはいった。

「わかった。今日は最後までつきあうよ」

予定通りに、午前中は四軒のペットショップをめぐった。
県庁所在地の駅近くにあるCG、国道沿いの老舗が二軒、高級住宅街にある個人店だ。どのショップにもコンビニおにぎりみたいに、子犬や子猫があふれていた。異常な事態だと改めて思う。この子たちはすべて生きものであると同時に、生後半年で経済的価値がほとんどなくなる商品なのだ。
CGペットショップでは愛護法はほぼ守られていた。違反はロードサイドの老舗だ。昔の規格の狭いケージをそのまま使用している。ひとつのケージに二匹三匹と押しこんでいる店もあった。高級店はケージも頭数もすくなく、ゆとりがある様子。もっともすべてどこかのコンクールで賞を獲った親から生まれたエリートで、価格はほぼ一・七倍くらいする。ペット業界も、その他のニッポンと同じだった。厳然たる経済原理が支配するのだ。

午後イチでおれたちが向かったのは、市の中心部からクルマで二十分ほどの山間にある県立の動物愛護センターだった。広い駐車場の奥にはガラス張りの最新型図書館か文化センターといった雰囲気の建物。きっと名のある建築家の設計だろう。

なめらかな自動ドアを抜けて、受付にいくと若い女性職員が声をかけてきた。

「あっ、いらっしゃい。関戸さん、吉成さん」

カズサとセイジも会釈をする。顔見知りのようだ。おれを見ていった。

「新しい見学のかたですか」

カズサが恐ろしく愛想よくいった。

「はい、今日はお世話になります。動物愛護について深く知りたいという熱心な人なんです。よろしくお願いします」

受付の職員の顔つきが変わった。えらく真剣になる。

「そうですか、ありがとうございます。すべてを見ていってください。それでペットと人の関係を考えてもらえたら、当センターとしてもとてもうれしいです」

「わかりました。ありがとうございます」

なんというか県の職員と牙の代表は、強い同志愛で結ばれているようだった。もしかしたら、牙の細胞？

「アテンドはご必要ですか」

カズサは華やかに笑った。

「いえ、もう勝手知ったるですから。最後の見学だけ、お声がけします」

ロビーの奥は壁一面が書棚になっていた。動物学、ペットの飼育法、人とペットの歴史なんかの書籍がずらり。三分の一くらいはこの県の自然や歴史の本だった。これほど県の予算を使ったのだ。まあ、PRはしないとな。本の壁の前には丸形のソファが、海流のなかの島のように浮かんでいる。

「へえ、立派な施設なんだな。すごい金がかかってる」

「そうね、悪くない税金の使いかただよね」

ロビーの先にはまたガラスの自動ドア。扉が開くと、ペットショップと同じ匂いがした。広い部屋の壁は今度は一面のアクリルケージだった。半分ほどがさまざまな年齢の犬や猫で埋まっている。子ども連れの家族がヒマラヤンの前に集まっていた。

「ここは保護犬や保護猫のコーナーで、里親を探すための場所なんだ。ペットショップで幼い犬や猫を買うという方法もあるけど、ここで保護された子たちから選ぶという方法もある。わたしたちはこちらがこれからの主流になるといいなあと思ってる」

その部屋の隅には、パーティションで仕切られた商談コーナーのようなテーブルセットが四つあった。

「あいつは？」

「ペットを飼うというのは半端なことじゃないから、きちんと一時間の講習を受けてもらうことになっているの。保護犬や保護猫を連れて帰っても、やっぱり飼えなかったといって、返しにくる人も多いから」

おれたちはそこで、たくさんの犬や猫を見て過ごした。どの生きものもかわいいものだ。長毛短毛、それに無毛。サイズも大中小だけでなく、極大や極小がいる。遺伝子の発現形の不思議さを思わない訳にはいかない。

おれがケージに近づくと、吠える子もいれば、怯（おび）えて尻尾（しっぽ）を巻く子も、愛想よく近づいてくる子もいる。おれは馬鹿みたいに、ここにいる子たちにいい飼い主が見つかるといいなと思った。人とペットが幸福に暮らす天国は、地上にはつくれないものだろうか。

カズサが腕時計を見た。三時すこし前。

「いきましょう、マコトさん」

セイジが目をむいた。

「今日のハイライトだ。おれはもう何度も見てるから、外のクルマで待ってる」

おれはカズサに連れられて、さっきの受付にもどった。同じ職員がなぜか白衣を着て待っている。厳かな顔で告げる。

「こちらにどうぞ」

受付の奥の扉を抜けると、バックヤードだった。ペットシーツやフードの段ボールが積んである。ノミダニの忌避剤や各種動物用の薬。一般市民の目にふれる場所より、明らかに暗くほこりっぽい。突き当たりの白いスチールドアには「殺処分室」のプレート。

その文字を見たとたん、おれの心臓が狂ったリズムを刻みだす。

白衣の職員が扉を開けてくれた。

「どうぞ、すべてをご覧になってください」

広い部屋だった。

床はコンクリート打ち放し。ステンレスのプレートで仕切られた三畳ほどのケージが横に五つ並んでいる。ざっと目で追った。犬はそれぞれ一、二匹ずつ。真んなかのケージは空っぽだ。白衣の女性職員がいった。

「このケージは一日にひとつずつあの奥の部屋に向かって移動していきます。その先には殺処分機があります。二酸化炭素ガスを使用し、なるべく苦痛を与えず、保護犬を処分するシステムになっています」

犬たちは思いおもいの格好で、すこし不安げにケージのなかでくつろいでいた。数日先の自分の運命を感じているのだろうか。おれを見て、尻尾を振ってくるまだ若い雑種がいた。おれは目をそらすしかなかった。ただ遊ぼうといっているだけかもしれないが、ここから助けだしてくれ、命を守ってくれと訴える視線に見えてしまう。すまない、おれは新しい飼い主じゃないんだ。

「これから本日分の処分を行います。どんな思いで、この保護犬たちがあの部屋に送られていくか、またどんな思いで、わたしたち職員が業務をおこなっているのか、ぜひともご覧になってください」

モーターの音が静かにうなりだした。ステンレスの壁が左側に向かって、ゆっくりと、だが決してとめられない確かなスピードで動きだす。犬たちが恐怖に鳴き始めた。一番奥のケージでは、ステンレスの壁が移動して、鈍(にぶ)く光るステンレスの箱が奥に見えてきた。二匹の犬が迫る壁によって、ガス室に押しこまれていく。シェパードのような大型犬は、もう年老いていた。ゆっくりとすっかりあきらめたように金属の箱に向かう。もう一匹はボーダーコリーで、まだ首輪がついていた。白衣の職員がいう。

「あのシェパードは飼い主も高齢になり、もう病気がちの大型犬の世話ができなくなったと、このセンターに連れてこられました。コリーはまだ二歳と若いのですが、飼い主が引越しをすることになり、新しいマンションではペットの飼育が禁止されているということで、飼い主に捨てられました」

まだ二歳、青春の盛りだろう。

「当センターに保護される犬や猫は、手を尽くしても六割ほどしか、新しい飼い主を見つけることができません。この子はまだ若く、かわいい男の子ですが、残念ながら駄目でした」

ボーダーコリーが低く震えるような悲しみの鼻声で鳴いた。うしろに体重をかけたまま、じりじりとガス室に送られていく。職員がいった。

「こちらの部屋にどうぞ」

おれはもうなにがなんだか、わからなくなっていた。黙って、胸を早鐘のように打ち鳴らしながら、カズサと隣の部屋に移動する。殺処分室。

大型の業務用冷蔵庫のようなステンレスの箱が、中央に据えつけられていた。太いパイプがボンベにつながれている。ガス室の扉にはガラス窓があった。三畳ほどのステンレスの部屋のなかには二匹の犬。シェパードはすべてを受けいれ、もう自分の運命には無関心といった様子で、奥のほうで横になっていた。

だが、若いコリーは様子がまるで違う。舌を垂らし、狭いガス室を爪の音を立ててくるくると走り回っていた。なにが起きるのかわからなくて、不安でたまらないのだ。おれは若いコリーの恐怖の臭いをかいだ気がした。

「始めます。わたしも、こんなことをするために獣医になった訳ではないんですが。この仕事、みな、続かなくて辞めていきます」

白衣の職員がおおきな赤いボタンを押した。ガスの音がきこえる。ガラス窓越しに、コリーはおれを必死で見ていた。伏せをする。ちんちんをする。くるりと横に回転する。お手をする。なんとかガス室から助けてもらいたくて、自分ができる芸をすべておれに披露しているのだ。

泣くなんて甘過ぎる。腹を立てる相手もいない。おれは嵐のような心を抱えたまま、ひたすら芸をするコリーを見つめていた。それから三十分、おれは目をそらさなかった。おれにはなにもできなかったが、それだけはほめてくれ。

三十分後ブザーの音が鳴り、がたりとガス室が傾いた。

シェパードの上に折り重なるように、ボーダーコリーが倒れている。父親にすがる子犬のようだった。左側のステンレスの壁が開く。ガス室の傾斜はさらに急になり、ずるずると命を失った二匹の犬が、焼却炉のほうに落ちていった。

おれの目はきっと赤かっただろう。カズサにいう。

「これを見せたかったのか」

「そう、見ておかないと動物愛護なんて語れない」

白衣の獣医がいった。

「今日はほんとうに見学ありがとうございました。ひとつだけご記憶ください。この地域では二十年前には毎年一万匹を超える殺処分をおこなってきました。ですが、今では年間数百匹にまで、その数を減らしています。殺処分ゼロのため、県をあげて全力で取り組んでいますので、ぜひご協力お願いします」

そうかこの百倍も昔は処分していたのか。おれはそんなことはまったく知らなかった。ペットなどかわいければそれでいいと単純に信じていたのだ。おれは獣医に一礼して、さっきまで生きていた二匹に手をあわせた。そしてカズサとガス室を離れた。

まだ生きている生きものの世界へ。

センターの外では陽光のなか夏の緑と虫と人がさわがしく生きていた。

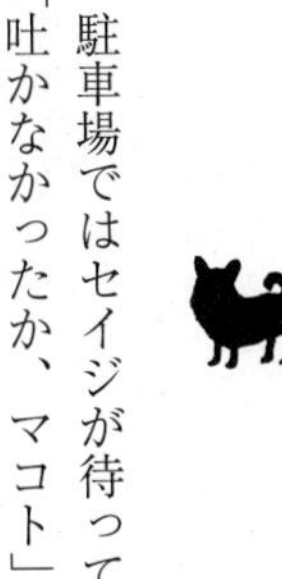

駐車場ではセイジが待っていた。興味深げにおれにきいてくる。

「吐かなかったか、マコト」

「ああ、そんな余裕はなかった。ただ見てただけだ」

「腹にこたえるだろう。これでようやく半分、おれたちのほうに足を踏みこんだところだな」

おれは遅い午後の夏空を見た。ガラス張りの動物愛護センターの向こうで、焼却炉の煙突から白い煙があがっていた。いい飼い主といつまでも幸せに暮らせて、うまいペットフードがたらふくくえる保護犬の天国が、あの上にあるといいなと、馬鹿みたいにセンチメンタルなことを考えた。カズサが静かにいった。

「お参りにいこう」

駐車場の脇には、白い砂利道がとおっていた。十五メートルほどすすむと、保護犬保護猫の慰霊碑が立っていた。花と水とフードが供えられている。手をあわせ、すまないと名も知らぬ犬に心のなかでいった。助けられなくて、ごめん。

「さあ、いくぞ」

思っていたより長く祈っていたようだ。セイジに声をかけられた。

「ああ、いこう。さっきまだ半分だといってたよな。残りの半分はいつ越えられるんだ?」

カズサとセイジは目を見あわせる。

「今夜。マコトさんも本気になったんだね」

不幸になるペットを一匹でも救えるなら、おれはなんだってやってやる。おれはあの二匹にそう誓ったのだ。やってやる。

闇のなかで虫の声だけ響いていた。

ＣＧブリーダーの○○県支部は、梨畑の一角に倉庫のように立っていた。周囲に人家はない。セレナのなかでさえ犬の鳴き声がきこえたので、とうてい住宅地につくることなど無理だったのだろう。

おれたちは繁殖場からすこし離れた農道にセレナを停め、車内で目だし帽と手袋をつけた。クルマのなかで着替えた服と靴はユニクロ。色はすべて黒。セイジはバールとスプレー缶をもっている。カズサがいった。

「社員は一時間前に帰った。この地区の細胞から、報告がきてる」

セイジはうなずくといった。リラックスしている。

「さあ、いこう。ひと仕事だ」

緑の匂いがする農道を歩いていく。虫の音のサラウンド。空は濃紺で、東京よりも密度が高いようだった。

「もっててくれ」

セイジにバールを渡された。ずしりと重い手応え。やつは死角から駐車場を視界に収める監視カメラに近づいていった。からからとスプレー缶を振り、真っ赤な霧をレンズに吹きかける。続いてシャッターの横にある安手の扉の監視カメラに移動する。再び赤い霧。おれはやつにバールを戻した。

「いくぞ」

同時に火花が散るほど激しくドアに叩きつける。三発目でドアノブが飛んで、鍵は役立たずになった。最初の小部屋は事務所のようだ。デスクとロッカー。エアコンもついている。ノートパソコンが開いたままで二台。セイジがいった。

「面倒だな。丸ごといただくか」

不法侵入と器物損壊、それに窃盗罪がプラス。セイジは背中のサックにパソコンを押しこんでいく。おれはまるで気にしちゃいなかった。

「いくよ」

カズサがそういって、繁殖場に続く地獄の扉を開いた。糞尿と餌の臭い。夏の夜の虫に負けないほどの鳴き声。ここはステンレスの箱とはまた別な犬たちの地獄なのだ。おれたちは黒ずくめのユニクロで、地獄にダイブしていった。

セイジは部屋の四隅にある監視カメラを無効にしていく。カズサはスマートフォンのムービーで現場の撮影を開始した。蛍光灯が工場のように室内を無機質に照らしている。積みあげられた金網式のケージには、さまざまな犬種の小型犬が詰めこまれていた。

やせて毛並みがぼろぼろになったチワワのしなびた乳房に、六匹の赤ん坊が群がっている。拘禁反応だろうか、自分の尻尾を追いかけて、いつまでもくるくると回転するペキニーズがいる。おれたちを見ると、どの犬も新たな餌が欲しくて尻尾を振ってきた。カズサが苦しそうに漏らした。

「……ひどい」

白い小型犬だった。ビションフリーゼか。母犬の腹には縦にひと筋の血の跡。

「こんなに衛生環境が悪いところで、獣医でもない普通の社員が帝王切開をしたみたい。お腹の傷が膿(う)みかけている。事務所に救急箱があったよね。マコトさん、消毒薬もってきて」

おれは駆けた。犯罪行為の最中だなんて心配はまったくない。テロリストと呼びたければ、呼ぶがいい。おれはただやるべきことをしているだけだ。

その場に留(とど)まったのは、せいぜい十五分ほど。戦果はパソコン二台、飼育台帳、書きかけの報告書と、数字を直す前の帳簿だった。あとはカズサが撮ったムービーと写真がどっさり。どれも動物愛護法違反のパピーミルの証拠になる映像だ。

おれたちはその足で関越自動車道に向かった。車内でユニクロから、自分の服に着替える。靴も替えた。指紋と同じくらい足紋も有力な証拠になる。ようやくひと息ついたのは、いきで寄ったサービスエリアだった。

八時過ぎ、遅い夕飯にする。おれはカツ丼、カズサは地鶏卵のカルボナーラ、セイジはトンカツ定食のカツダブル。三人ともなんだかおかしなテンションだった。違法行為にはスリルと常習性があるみたいだ。

三人でくだらない冗談を飛ばしていると、おれのスマートフォンが震えだした。池袋のキングから。おれはフードコートのテーブルを立ち、夜の駐車場に出ていった。

「どうした、タカシからなんてめずらしいな」

あい変わらず一月の夜みたいに冷たい声。

「おもしろいオーディションがあった」

その言葉で思いだしたのは、今回のトラブルに関わるふたりの女優のこと。ハリウッド映画のオーディション？　タカシは意外なことをいう。

「うちにも参加しないかと打診があった」

Gボーイズのオーディション？　意味不明だ。

「裏の世界に顔が利く怪しい企業がある。そいつらが半分ダークな世界で、オーディションを開いた。まあ、その怪しいとこも、どこか別な企業から依頼があったんだろうな」

話の筋が読めてきた。危険な下請け仕事をやらせたいが、本筋の組織暴力団に頼むのはあとあと腐れ縁になるので避けたい。そこで便利なのが、半グレやタカシのところのような街のギャングたちだ。

「へえ、それで依頼の内容は？」

「やつらも口が堅くて、なかなか教えてはくれなかった。うちの渉外担当を送って、なんとかききだしてきた。いいか、マコト？」

めずらしいことがあるもんだ。氷の王様がもったいぶっている。

「ふたつの動物愛護団体に徹底的に揺さぶりをかけて欲しいんだそうだ」

おれはつぶやいていた。

「『ペット・エガリテ』と『レッド・ファング』」

「そうだ、おれたちの依頼主だ。Gボーイズはでたらめに高い札を入れ、オーディションから退場している。仕事を引いたのは恵比寿の半グレらしい。エビス・モッズ」

名前だけなら知っていた。飲食店、ブティック、闇カジノ、裏風俗、おしゃれな大麻系ショップ。池袋のGボーイズほどの老舗ではないが、最近勢力を伸ばしているという。

「あそこのトップは誰だっけ」

「モッズの榊慶次郎（さかきけいじろう）。力はないが、ずる賢く、ど外れて残忍だ」

おれの声は悲鳴みたい。

「Gボーイズはどう動く？」

「依頼人を守る。ふりかかる火の粉は払うさ。明日からエガリテにガード態勢を敷く」

それでナルミのほうはひとまず安心だった。

「タカシ、ひとつ頼めないか」

「うん？　なんだ」

キングの声が変わった。さらに冷たく。興味を引かれた証拠。

「実はおれは今、牙のほうからも依頼を受けている。目的はCGペットを痛い目に遭わせることで、同じなんだが。それで今日はやつらの繁殖場に無断侵入してきたんだ。牙の代表といっしょに」

帝王切開後に放置された犬、不安症で壊れた犬、子どもを産む機械に変えられた犬の話をした。最後にあのガス室の話も。電話の向こうでぐんぐん空気が冷えこんでいく。夏のシベリア寒気団。

「わかった。牙の代表に話をとおしておけ。おまえたちも守ると」

「サンキュー、助かる」

「だが、短期間で決着をつけるんだ、マコト。Gボーイズはモッズと本格的にことを構えるつもりはない。まず負けることは考えられないが、ボーイズに無用な怪我人を出したくないからな」

了解といって、通話を切った。

淋しい夜のフードコートに戻る。おれの顔を見て、心配そうにカズサが声をかけてくる。

「なにかあったの、マコトさん」

「ああ、あった。エガリテに追手がかけられた」

ペルシャの目が険しくなる。おれはセイジを見ながらいった。

「どこかの企業が裏の世界でオーディションを開いた。仕事の内容は動物愛護団体を潰すこと。Gボーイズにも声がかかったそうだ」

セイジがゆっくりと太い首を回した。

「いよいよキング・タカシとやれるのか。楽しみだ」

「いいや、Gボーイズはすでにエガリテの依頼を受けている。明日からナルミを守るガード態勢に入るそうだ」

「なんだ、つまらん」

おれは皮肉そうに笑ってやる。

「潰して欲しい団体はエガリテだけじゃない。牙もだ」

レスリング馬鹿が今度は肩を回した。

「望むところだな」

「あんたたちは同棲してるのか」

ふたり同時にこたえた。

「いいや」

「じゃあ、ふたりのときに四人がかりで襲われたら、どうする。セイジは強そうだから、三人はなんとかできるかもしれない。だけど、まだひとり余ってるんだぞ」

カズサがちいさなショルダーバッグをテーブルに置いた。なかからとっ手を黒いガムテで巻いた改造スタンガンが出てくる。おれはいった。

「わかった。ひとりくらいなら、カズサでもなんとかなるだろう。だが、相手が六人いや八人だったら、どうする?」

しぶとく笑いながらセイジがいった。

「お手上げだ。どうしようもない」

カズサは不安げ。

「おれからキングに頼んでおいた。牙も守ってくれと。明日からあんたたちにガードがつく。面倒だろうが、しばらくガマンしてくれ。おれにスケジュールを毎日出すように。

いいな。あんたたちの首をとりにくるのは、恵比寿の半グレだ」

　それでなんとか安全確保ができたと、愚かにも信じていた。おれはひとり大切な人間を忘れていたのだ。


　その日は夜十一時前にうちの店に帰った。風呂に入り、泥のように眠る。つぎの朝、青果市場への買いだしはなくて、のんびり寝坊ができるはずだった。不快なスマートフォンの振動で目が覚める。

「誰だよ、こんな時間に」

　ナルミの声が耳元で鳴った。

「西沢くんが昨日の夜、何者かに襲われた。今、要町敬愛病院にいるの。すぐにきてもらえるかな」

「わかった。Gボーイズの誰かいるか」

「ええ、たぶん。ずっと黒いパーカーの人が近くにいる。怖いんだけど」

　おれは飛び起きて、ジーンズに足をとおしながら、電話をかけた。牙のほう。カズサはすぐに出た。

「おはよう、昨日はお疲れ様」

のんびりした挨拶。おれのほうは戦況報告。

「西沢が襲われた。要町敬愛病院に入院してる。おれもこれから向かう。現地で集合しよう。もうエガリテだ、牙だと仲間割れしてる場合じゃない。セイジにもくるように伝えてくれ」

「わかった」

おれはキッチンで冷たい水を一杯だけのんで歯を磨き、西一番街の自宅を飛びだした。速足で要町に向かう。東京メトロで駅ひとつ分。おれの足ならすぐだ。数十メートルほど遅れてついてくるガキがふたり。もうおれのほうにもGボーイズのガードがついている。

さて、今日は午前中から作戦会議だ。

要町敬愛病院は、この地域の救急指定病院だった。かなり規模がおおきい施設だ。おれは受付で、西沢の名前を出して病室をきいた。四一一号室は外科のふたり部屋だそうだ。おれがやつの病室にいくと、ナルミだけでなくタイトとタカシもいた。もうひとつ

のベッドは空。おれの顔を見ると西沢はうなだれていった。右目と額に青い痣。

「すみません、マコトさん。昨日の夜、うちのワンルームマンションの前で、誰だか知らないやつに襲われました。三人組で、あっという間にぼこぼこにされて、うしろ手に縛られて。なんでクーラーボックスの写真を撮ったときかれたんです。誰に命令された、写真は誰に渡したって。警察ほど優しくありませんでした」

「いいの、しかたないよ、西沢くん」

ナルミが励ますようにいった。西沢はタオルケットから右手を出してくる。添え木と包帯でぐるぐる巻きの指。

「一本目までは、ぼくにも勇気があったんです。でも、二本目、三本目を折られるときは我慢できませんでした。すみません。ぼくはエガリテのことも、牙のことも、マコトさんのことも全部話してしまったんです」

「すまない」

誰がおれより先に謝ったんだろう。気づくと池袋のキングが頭をさげていた。

「おれはあんたに会って、直接話もきいていた。マコトからガードを頼まれなくとも、真っ先に、あんたを守ってやるべきだった。今からは安心してくれてかまわない。Gボーイズが、あんたを守る」

タカシはおれにうなずきかけた。これで国立銀行の金庫のなかくらい西沢は安全だ。

そこにカズサとセイジがやってきた。西沢はセイジを見ると引きつった顔をする。ナルミがいった。

「どうしたの、カズサちゃん」

「ナルミ姉さん、黙っててごめん。わたしもマコトさんにCGペットを叩く依頼をしてたんだ。エガリテよりあとだけど。西沢さんの写真を奪ったこと、ほんとに謝ります。こんなひどい怪我をさせてしまって、すみません」

カズサは青い顔で、ナルミに頭を下げた。おれはいった。

「おたがい謝りあっていても、どうにもならないだろ。手もちのカードを全部さらして、CGペットの情報をひとつにまとめないか。ばらばらで動いていたら、敵の思うつぼだ。おれは一日も早くCGを叩きたい。あんたたちだって、ずっとボディガードがつくのは嫌だろ」

この病室には誰もいないが、きっと敬愛病院には二十人近いGボーイズが詰めているはずだった。おれはいった。

「この病室じゃあ、作戦会議は無理だな」

タカシが王の威厳を見せた。スマートフォンを抜いていう。

「すぐにホテルメトロポリタンの会議室を押さえる。全員移動しよう」

おれたちは西沢に別れの挨拶をして、外科病室を離れた。ストレッチャーが入る大型のエレベーターで地下駐車場におりる。おれは終始吐き気に耐えていた。病院のエレベーターは壁がすべてステンレス張りだったからだ。あのガス室と同じヘアライン仕上げ。

ここで、おさらいだ。

大型エレベーターのなかには六人。男がおれ、キング、セイジ、タイトの四人。女がナルミ、カズサの美女コンビでふたり。地下のエレベーターホールを出て、それぞれのクルマに向かおうとしたところで、十数人の男たちに囲まれた。

セイジは余裕だった。タカシの横に移動して、ちいさな声でいう。

「あんた、意外と細いんだな。同じチームで残念だ。一度手あわせを頼みたかったんだが」

タカシも愉快そうにレスリング馬鹿を見ていた。おれたちを囲んでいたガキのなかから、男がひとりすすみでた。背が高い、鞭（むち）のようにしなる身体。声は錆びた金属みたいなキンキン声だ。

「ごちゃごちゃ余裕かましてんじゃねえぞ。おれは……」

タカシの液体窒素（ちっそ）みたいに冷えた声。

「モッズのサカキだろ」

「そうだ。Gボーイズのキングまでいるなんて、朝からラッキーだな。おまけにペット好きな女がふたり。一度の出入りで大金が手に入る」

　サカキはジーンズの尻ポケットからナイフを抜いた。長さ十五センチほどの片刃の折りたたみ式。

「いくらおまえが池袋の伝説でも、これだけの人数でかかれば問題はないだろ。おまえの拳は凶器だというから、おれたちが得物使うのは当然だよな」

　サカキの背後のガキがつぎつぎと特殊警棒を抜いていく。シャキシャキとリズムよく金属が鳴った。カズサは震える手でショルダーバッグから改造スタンガンをとりだした。ばりばりと空中放電の音がちいさな雷のように飛び散る。

　異様なテンションが支配するなか、タカシは平然としていた。

「おれだけでなく、ここにいるセイジというやつにも注意したほうがいいぞ。マコトとタイトには手を出すな。おれたちふたりで相手にしてやる。マコト、それでいいか」

　弟分のタイトは高校三年生、おまけに美人がふたり。おれも虚勢を張った。

「ふたりくらいなら、おれが片づける」

「いいだろう、おまえは自分で思ってるより強いからな」

　キングは右隣のセイジに目をやった。モッズのボスなど眼中にないようだ。

「あの馬鹿はどっちのおかずにする？」

セイジも笑っていた。声を張りあげる。

「昨日の夜、西沢の指を折ったのは誰だ？」

ナイフを左右にちいさく振りながらサカキがこたえた。

「おれだ。そんなちいさなことは気にすんな」

セイジが前歯をむきだした。

「やつはおれのもんだ」

タカシは微笑んで、ちいさくステップを踏み始める。複数との対戦のときのルーティンだ。地下駐車場の暗がりにはGボーイズのボディガードが控えているはずだが、タカシはGOサインを出さなかった。

「始めよう」

キングはそういって、踊るように男たちの集団に近づいていく。

そこからはほんの一瞬の出来事。
キングはいつものキングだった。大振りの特殊警棒をスウェイして避けると、力感の

まったくない右のジャブストレートを、相手の顎の横にヒットさせていく。おもしろいように効いていた。足がぐにゃぐにゃとスライムにでもなったように震え、男たちはその場に沈んでいく。

おれはナルミとカズサを守って、モッズとのあいだに立ちふさがった。おれにはきれいなストレートも、動く相手の顎を正確に打つコントロールもないから、特殊警棒をなんとか避けたら、思い切り腰を振る。腕に力を入れるなとタカシに教わっていた。腰の回転に遅れてついてくるくらいの軽いスイングでいい。標的はどでかくて動かないガキの腹。ここなら指の骨を折る心配もない。おれのボディブローをくらったモッズのガキは、両目をくぼませ、顔を青くしてしゃがみこんだ。市場に買いだしにいくたびに、トラック一台分のフルーツを積みおろしする肉体労働者の腕力をなめないで欲しい。

タカシは三人倒したところで、左手をあげ、手首を回した。地下駐車場にあったクルマのなか、太い柱の陰、光の当たらない隅の暗がり、あちこちからわらわらとGボーイズが湧きだしてくる。

恵比寿のガキはつぎつぎと制圧され、結束バンドで後手に手首を縛られていった。残されているのは、ボスのサカキとセイジだけ。

腕組みをして、キングが命じた。

「手を出すな。こいつはセイジにまかせる」

周囲をGボーイズに囲まれ、サカキは汗だくだった。ナイフを振り回し、叫んだ。

「ふざけんな、おまえらなんか怖くない、近づいてくるやつから、ぶっ刺してやる」

セイジが首を回していった。

「おい、おまえの相手はおれだろ。よそ見してると秒殺だぞ」

セイジは腰を低く落とし、低空タックルの姿勢に入った。左右に細かなステップを踏んでいる。リズムのとりにくい変則ステップだった。右に左に変拍子のリズムを刻む。サカキは焦っていた。ほんものの格闘技経験者と戦ったことはないようだ。セイジの動きにあわせ、震える手でナイフを突きだしている。

進行方向の矢印が描かれたコンクリートのうえ、とんとんと二度跳ねるとぐんと腰を落とし、セイジは右足を狙った片足タックルにいった。サカキのナイフがぴたりとタイミングにあっている。おれが危ないと叫ぼうとしたら、タカシがつぶやいた。

「間抜け！」

セイジは突きだされたナイフをかいくぐり、反対にステップを踏むと、逆足の左ももを両手でつかんだ。片足タックルがきれいに決まった。サカキの腰が落ちる。ナイフがコンクリートの床を滑っていった。セイジの水のような動きはとまらなかった。いつの間にかサカキの背後に回り、両足で胴を締め、スリーパーホールドに移行している。セイジは技をかけたまま、タカシに質問した。

「おまえなら、さっきのタックル、どうしてた?」

セイジは腕に力を入れているようには見えなかった。軽く胸を張っただけのようだが、それで一気にサカキの頸動脈(けいどうみゃく)が決まった。瞬間で意識を失い、よだれを垂らしながら顎を落としてしまう。タカシがいった。

「試すのはかまわないが、そこで寝てる男みたいになるぞ。あのフェイントは見えみえだ」

セイジも余裕だった。

「そうかな。まあ、いつかマットのあるところでやろう。こんなところでレスリングの投げ技つかったら、すぐ死んじゃうからな」

タカシも笑っている。セイジが気にいったようだ。

「おまえにはおれはつかまえられない。それはどんな床でも同じだ」

セイジが倒れて意識を失っているサカキの右手をつかんだ。

「こういうのはあまり好みじゃないが、落とし前だからな」

黙って人さし指、中指、薬指と折っていく。よく乾いた秋のエンピツでも折るように淡々と。

すべての騒動が収まると、キングは命じた。

「Gボーイズ総員撤収！」

モッズのガキどもをその場に残し、ボディガードが去っていく。タカシはおれの耳元でいった。

「なかなかのボディブローだったぞ。さあ、これからがマコトの本番だ」

キングは昂然（こうぜん）と顔をあげ、宣言した。

「メトロポリタンの会議室に移動する。今度は頭脳労働だ」

という訳で、池袋西口にあるホテルの会議室を、それから二日間おれたちは借り切った。翌週、週刊誌三誌と池袋署の生活安全課に送ったCGペットグループの告発資料は、その部屋でおれとタイトとナルミとカズサで、ほとんどつくりあげたものだ。セイジはあの低空タックルほどの切れ味では、文書仕事ができないようだった。大学ではほとんどレスリングしかしていなかったという。

おれたちの情報爆弾がメディアやネットで、続く数カ月どれほどの威力を発揮したか、そいつはぜひ確認しておいて欲しい。それは救急病院の地下駐車場の対決やペットショップ襲撃なんかより、ずっとおおきな破壊力を生んだのだ。

ツーブロックおまけに前歯ホワイトニング済みのＣＧペットグループ代表・山口武美は翌々月には辞任に追いこまれ、続く半年で全国の店舗の四〇パーセントが閉店することになった。後継の女性代表は動物愛護法を厳格に順守すると記者会見で約束した。たまには不法侵入にも、いいご褒美(ほうび)があるってことかもしれない。

八月に入り、おれとタカシ、ナルミとカズサでダブルデートの真似ごとのような夕べを過ごした。サンシャインシティの高層階にあるフレンチで、最上級のディナーコース。グラスのシャンパン。今回の件で女優ふたりはおれたちに心から感謝してくれたが、なんというかあまりロマンチックな空気にはならなかった。仲のいい友達どまり。

タカシはともかくおれは美人過ぎる女は苦手だし、しばらくステディな相手をつくるつもりもない。ふたりは動物愛護団体を一本化して、さらに保護犬や保護猫の殺処分ゼロを目指し、運動を続けていくそうだ。誰かがやらなければならない立派な仕事で、おれも陰ながら応援している。なにかあったときには、いつでも連絡してくれ。駆けつけるからと伝えておいた。

タカシとはすべてが終わってから、Gボーイズのミーティング閉会後、すこし立ち話をした。キングは臣下のピエロにセクハラまがいのご下問をする。

「マコトはどっちが好みだったんだ」

汚れ無き聖女・長身痩軀のナルミと激情のファムファタール・小柄グラマー、カズサ。改造スタンガンの青い空中放電は忘れられない。

「うーん、見てるだけならナルミだけど、つきあうならカズサのほうかな。タカシは？」

東池袋中央公園の緑の枝先が夏の夜空に揺れている。東京の空で風がうねっていた。その先にはサンシャインシティ・アネックスのメタリックブルーの絶壁。キングはつまらなそうにいう。

「おれはどっちもパスだな。あの女たちより、セイジとマットのうえで試してみたい。グローブはオープンフィンガーがいいな」

卑猥にきこえる返答だった。タカシもおれも、うちのおふくろに当分いい報告はできそうにない。

「メトロポリタンのバーに、のみにでもいくか」

めずらしいキングからの誘い。

「ああ、悪くないな」

おれとタカシはGボーイズのガキどものハイタッチの嵐のなか、夏の夜風に背中を押され、駅の向こう側にある大人のバーへゆったりとクルーズを開始した。おれは考えていた。こんなふうに毎年夏が終わっていくのなら、そう悪くはないと。

なあ、あんたもうつむいてばかりいないで、夏の夜の散歩に出かけてみないか。トイプードルが大好きな飛び切りの美女と、棒にでも当たるように出会えるかもしれない。

その後の展開は、あんたの腕と度胸次第なんだけどね。

解説

吉田大助

本書は、石田衣良の代表作『池袋ウエストゲートパーク』（ＩＷＧＰ）シリーズの十八冊目に当たる。今この文庫本を手にしているあなたは、購入前に内容の面白さを保証してもらいたくて解説から読んでいるのかもしれない。その保証をする前に、少しだけ。

二〇二三年一月一日、大手動画配信サービス・Netflixでテレビドラマ『池袋ウエストゲートパーク』の配信が始まり、数週にわたって再生回数トップ10入りを果たした。二〇〇〇年四月から六月にかけてＴＢＳ系で放送された同ドラマは、石田衣良の同名小説（シリーズ第一・二巻）を原作に、当時まだ二十代だった宮藤官九郎が初めて連ドラの脚本を執筆。メイン演出は堤幸彦監督が務め、キャストは長瀬智也、窪塚洋介、妻夫木聡、坂口憲二、高橋一生、佐藤隆太、阿部サダヲ、小雪、加藤あい、渡辺謙……と、錚々たる俳優陣が名を連ねた。本編終了から三年後に放送されていたスペシャルドラマも、第十二話（「ＳＯＵＰの回」）として配信。至れり尽くせりだ。

熱狂したのは、当時を懐かしむ視聴者だけではなかった。配信を機に初めて観た、という令和の若い視聴者からも「面白い」の大合唱を引き起こしたのだ。その中には「激しい」という言葉も混じっていた。なにせNetflixが定めた同ドラマの視聴年齢制限は、十六歳以上推奨を意味する「16+」。飲酒喫煙暴力の三点セットに加え実在のギャングが出演するなど、現在の地上波ドラマではまず不可能な表現が目白押しで令和の今観ても「新しい」映像作品となっていた。ちなみに、『池袋ウエストゲートパーク』は同名タイトルで二〇二〇年にテレビアニメ化もされている（Amazon Prime VideoやU-NEXTなどで配信中）。こちらは、ドラマとは全く違うエピソードが原作として採用されている。

配信でドラマもしくはアニメの『池袋ウエストゲートパーク』を観て、原作小説を読んでみようと思った人は少なくないはずだ。今この文庫本を手にしている、あなたがそうかもしれない。しかし、実のところちょっと悩んだりはしていないだろうか？　シリーズものなのだから、きちんと一作目から読み始めるべきなのではないのか、と。そんなあなたには「どの巻から読んでも大丈夫です」と伝えたいし、「この巻から読んでほしい」と伝えたい。その理由を記すことで、面白さを保証することとしたい。

言わずもがなではあるが、主人公のマコトは東京・池袋で実家が営む果物店の店番をしつつ、トラブルシューター（本人いわく「この街専用のなんでも屋」）として活動している青年だ。事務所で安楽椅子に座るのではなく、自らの足で街を動き回ってたくさんの人と喋り、傷だらけになりながら事件解決に奔走する。物語はマコトの語りによって進む形式が採用されており、一人称は「おれ」。時おり「あんた」と語りかけ、作品世界と読者が生きる現実とは地続きであること、ここに記されているのは「おれたち」の物語であることを突きつけてくる。

マコトはストリート・ファッション誌で「ストリート」の今を綴るコラム連載を抱えるライターでもある、という点は重要だ。このハードボイルド探偵の何よりの武器は、ペン（言葉）なのだ。とはいえ、事件を解決するためには言葉だけでは足りないこともある。警察組織に頼る場合もあるが、超法規的な措置をとる方が手っ取り早いし、そうせざるを得ない状況が次々に噴出する。そこでマコトは池袋を根城とするアウトロー集団「Gボーイズ」、その王である盟友・タカシに連絡を取る。頭脳派のマコトと武闘派のタカシの共闘が、各話のクライマックスをなすことが多い。

どの巻でも基本的に春夏秋冬の一年間が、全四話の連作短編形式で描かれていく。そして一話ごとに、社会問題――「おれたち」の社会に潜む問題――を背負った依頼人が登場する。「どの巻から読んでも大丈夫」であると記した理由の一つは、著者が連載時にその都度選び取った社会問題が全く古びていない点にある。このことは、次のように言い換えることができる。著者が選び取った社会問題は、今も解決していない。今なおこの社会に存在する問題だからこそ、古びないのは当然なのだ。

また、本シリーズは、バブル崩壊後のいわゆる「失われた十年」と呼ばれる時期にスタートした（第一巻収録の第一話は、一九九七年度オール讀物推理小説新人賞受賞作）。よく知られている通り、日本経済は今や「失われた三十年」と呼ばれ、数字はさらに更新中だ。どの巻をめくっても、そこには不況や不景気の風景があり、いつの時代も若者たちは、大人たちが作りあげた社会にとりあえず身を委ねていくほかない。彼らが抱くこの社会に暮らしているだけで生じるその鬱々とした気分はよく知っている、彼らの感情は自分も経験した（している）という頷きが、今と昔の垣根を壊す普遍性を獲得している。本シリーズは、時代を真空パックのように閉じ込めているという印象があったが、むしろ時代を超えた普遍性をより強く感じたのが、今回全巻を読み返してみて得た発見だった。

実は、著者は『ＰＲＩＤＥ―プライド　池袋ウエストゲートパークＸ』（二〇一〇年刊）でシリーズ第一期を完結させ、四年後に『憎悪のパレード　池袋ウエストゲートパークXI』で再始動を果たした。その際、冒頭で〈池袋のマジマ・マコトも、もう二十代後半になった（正確な年は秘密だ）〉と記し、以降は、第一期にはあったマコトが歳を重ねる描写をシリーズから排除している。主人公が二十代後半で留まり続けることもまた「どの巻から読んでも大丈夫」の安心感に寄与している、と言い添えておきたい。

以上の文章は「この巻から読んでほしい」理由でもあるのだが、より具体的に本巻の推しポイントを記しておきたい。第一編「常盤台ヤングケアラー」は、マコトがコロナ禍真っ只中のクラブでサチという少女と出会うところから始まる物語。ネット売春アプリの元締めに目をつけられていた彼女は、若くして祖母の介護を引き受けるヤングケアラーだった。この一編には、マコトらしさ、シリーズらしさが詰め込まれている。マコトは少女に何をしたのか。彼女の話にじっくりと耳を傾けたのだ。そのうえで、彼女がやりたくないことは何かと小さな問いを投げかけた。言葉を何よりの武器とするこのハードボイルド探偵は、相手の言葉を聞きとどける力、語りださせる力の持ち主でもある。

この主人公の脳内には、速い回路と遅い回路、二種類の回路が存在することも、この一編からよく分かる。例えば敵対する相手には、速い回路を利用する。相手の人間性の解像度が高くない（対話関係にない）からと言って、情報を集めるために時間を費やしていたら事態が悪化してしまう。その場合は、悪賢い奴ならこう考えこう行動するだろうという経験値による類型から推察する、速い回路で対応する。しかし、自分の目の前にいるたった一人を救うためには、遅い回路を使うほかない。誰しもに効果のある万能の言葉など存在しないと認めたうえで、どんな言葉が届くのかと時間をかけて模索するのだ。第一編が感動的なのは、そうした時間の厚みがスルーされず作中に書き込まれている点にある。〈こんなに重い話をきいて、おれに救命ボートなんて出せるのだろうか〉〈おれは自分が追い詰められていることを知った〉〈おれは息を詰めてきいていた。おかしな慰めなんて、どうにもならない〉。そうしたモノローグが積み重なっていった先に、マコトはある言葉を放つ。それは、相手の言葉をしっかりと聞いてきたからこそオーダーメイドできた、目の前のたった一人のための言葉だった。

外国人技能実習制度という題材を切れ味いいミステリーに仕上げた第二編「神様のポケット」、マコトの仲間で北東京一のハッカー・ゼロワンが恋に落ちる顛末を描いた第三編「魂マッチング」。最終第四編「ペットショップ無惨」では、ペット産業の闇をとことん掘り進めていく。もしもノンフィクションであればうっとなり読み進めるのをためらったかもしれないが、それまでの三編で確立された、目を背けたくなるような現実もありのまま受け止めようとするマコトという語り手への信頼感があるからこそ、躊躇せず読み進めることができる。客観的に考えてみても、「最初の一冊」としてオススメの一冊と言える。

シリーズは現在、『神の呪われた子　池袋ウエストゲートパークXIX』まで刊行済みで、第二十巻の単行本が間もなく刊行予定と聞く。この社会は今どうなっているのかを、マコトの視点と物語を通して察知したい。そして、放っておけば憂鬱に満たされるこの世界で、言葉は無力ではないということ、人と人は繋がることができるのだということを腹の底に叩き込むために、これからもこのシリーズを読み続けたい。

（書評家・ライター）

文春文庫

定価はカバーに
表示してあります

ペットショップ無惨（むざん）
池袋（いけぶくろ）ウエストゲートパークXVIII

2024年9月10日　第1刷

著　者　石田衣良（いしだいら）
発行者　大沼貴之
発行所　株式会社　文藝春秋

東京都千代田区紀尾井町3-23　〒102-8008
ＴＥＬ　03・3265・1211㈹
文藝春秋ホームページ　http://www.bunshun.co.jp

落丁、乱丁本は、お手数ですが小社製作部宛お送り下さい。送料小社負担でお取替致します。

印刷・TOPPANクロレ　製本・加藤製本

Printed in Japan
ISBN978-4-16-792271-9